FOLIOTHÈQUE

Collection dirigée par
Bruno Vercier
Maître de conférences
à l'Université de
la Sorbonne Nouvelle - Paris III

Stendhal

La Chartreuse de Parme

par Philippe Berthier

Philippe Berthier

présente

La Chartreuse

de Parme

de Stendhal

Gallimard

Philippe Berthier est professeur de littérature française à l'Université de la Sorbonne Nouvelle-Paris III. Il a publié sur Stendhal de nombreux articles et quatre ouvrages (en dernier lieu : *Lamiel ou la Boîte de Pandore*, PUF, 1994).

© *Éditions Gallimard,* 1995.

RÉFÉRENCES

Sauf indication contraire, la pagination indiquée entre parenthèses renvoie à l'édition Folio de *La Chartreuse de Parme* (Folio Classique n° 155).

Mi fu *dolce invito a empir le carte*.
l'amicizia.

À Éric et Julien, François et Jérôme.

I   L'ENFANT DU « MIRACLE »

A. LES CINQUANTE-TROIS GLORIEUSES

La vallée du Dra est l'un des sites les plus justement célébrés du Sud marocain. Après avoir, dans des paysages sublimes, égrené un chapelet de ksour « qu'on voudrait tous habiter » (aussi sérieusement, ou aussi peu, que Gina del Dongo rêve d'habiter les ermitages du lac de Côme), on parvient à Zagora, où la route goudronnée s'arrête. Au-delà de ce bout du monde, la piste, le désert. À l'orée de l'immense Rien, un écriteau naïvement illustré, qu'aucun touriste ne manque de photographier : sous une caravane de chameaux cheminant parmi les dunes, cornaqués par leurs Touaregs, une inscription indique, en arabe et en français : *Tombouctou, 52 jours*.

Cette image exotique, apparemment saugrenue, parfaitement en situation en réalité, a été choisie pour la couverture en édition Folio du roman posthume et inachevé de Georges Perec intitulé *Cinquante-trois jours*. Ce détour saharien nous ramène en pleine *Chartreuse de Parme*. L'œuvre de Perec se présente en effet comme un « polar » politico-littéraire construit avec une perversité tout oulipienne, où les motifs stendhaliens, plus ou moins cryptés, les allusions beylistes plus ou moins déformées, déplacées, camouflées, jouent un rôle structurant.

À commencer par le titre, qui fait référence — *intelligenti pauca !* — aux cinquante-trois journées de la plus fameuse méharée de l'histoire de la littérature française, celles où Stendhal a écrit (on aurait presque envie de dire : où s'est écrite toute seule) *La Chartreuse de Parme.*

Le 4 novembre 1838, M. Beyle fait consigner sa porte au quatrième étage du 8, rue Caumartin. Le Cerbère de l'immeuble a reçu l'ordre de répondre aux visiteurs éventuels que M. le Consul est à la chasse. Il chasse en effet, mais pas ce qu'on croit. Le 26 décembre, le « tableau » qui couronne et achève cette partie cynégétique si longue et si brève est impressionnant : un épais manuscrit, aussitôt transmis à l'éditeur. On ne peut évidemment, dans un premier mouvement, que partager la stupeur émerveillée de l'opinion reçue devant pareille performance. Qu'un monument d'écriture aussi complexe et puissant ait été bâti en si peu de temps tient assurément de l'exploit, tant physique du reste qu'intellectuel, et assure à Stendhal une place enviable dans le livre des records de la créativité. On songe avec désolation à Flaubert, balançant pendant quinze jours entre deux épithètes, s'exténuant pendant six semaines sur un alinéa, voyant à chaque mot s'ouvrir sous sa plume le gouffre du scrupule, torturé à chaque phrase par l'évidence de la difficulté à vaincre, et l'on compare cette sainteté laborieuse et masochiste avec la facilité insolente, provocante, impardonnable au fond, avec laquelle Stendhal s'élance, cravache et brûle la poste. L'impertinent ! Il ne semble pas se rendre compte que l'Écriture est chose sérieuse, voire tragique, et que, pour une humanité déicide, c'est le dernier refuge de l'Absolu. D'aucuns se chargeront de lui faire payer cette frivolité coupable. En attendant, il écrit non seulement son chef-d'œuvre, mais un chef-d'œuvre du patrimoine universel, en moins de huit semaines : et tant pis pour les besogneux.

Sa méthode ? À l'en croire, elle consiste à n'en avoir pas. À Balzac, il explique : « Je compose 20 ou 30 pages, puis j'ai besoin de me distraire ; un peu d'amour quand je puis ou un peu d'orgie ; le lendemain matin j'ai tout oublié, en lisant les 3 ou 4 dernières pages du chapitre de la veille, le chapitre du jour me vient[1]. » Si Stendhal se protège des importuns, ne l'imaginons tout de même pas claquemuré en conclave, ayant juré de ne reparaître au jour que lorsque aura été mis le point final. Rien de plus étranger au plaisir beyliste que cet impératif catégorique de l'enfermement dans l'Œuvre dévorante, qui cannibalise l'être entier et doit tenir lieu de tout : la rue Caumartin n'est ni la Sixtine de Michel-Ange ni le boulevard Haussmann de Proust. Stendhal se libère de ce qui pourrait l'empêcher de travailler à une œuvre qu'il sent intérieurement « à point » et prête à venir rapidement ; mais il ne coupe pas pour autant les ponts avec la socialité. Il donne au cœur ou au sexe (on sait que chez lui les deux ne vont pas souvent de conserve) ce qu'ils réclament légitimement pour ne pas succomber à on ne sait quelle hypertrophie cérébrale. Ce n'est pas parce que sa tête porte un

1. Lettre du 16 octobre 1840 (*Correspondance*, Pléiade, t. III, p. 394).

monde (formule d'ailleurs plus balzacienne que stendhalienne, et qui l'eût vraisemblablement bien fait rire) qu'il doit renoncer à vivre. Au contraire : son monde viendra d'autant plus heureusement au jour qu'il aura su ne pas céder à l'idée fixe de sa parturition. Intensive, la rédaction de la *Chartreuse* est aussi parfaitement *détendue* : tout à fait indemne des tourments de la transcendance scripturale (Mallarmé[1] et Blanchot ne sont pas nés), Stendhal écrit parce qu'il en a envie, sans se flageller avec les vertigineuses et (pour lui) oiseuses questions du *comment* et du *pourquoi*.

1. «*La Chartreuse de Parme* écrite faute de maisons où l'on cause agréablement et où l'on serve du Zambayon, voilà qui est tout à l'opposé de ce poème ou même de cet alexandrin unique vers lequel tendent, selon Mallarmé, les diverses et vaines activités de la vie universelle » (Proust, préface à *Tendres stocks* de P. Morand, in *Contre Sainte-Beuve*, Pléiade, p. 612).

B. PAROLE EN LIBERTÉ

« Je ne me doutais pas des règles », confesse-t-il encore à Balzac. On ne sait trop comment aborder cet aveu — mais, en tout cas, non sans pincettes. Il faut faire la part d'une certaine humilité, sincère ou feinte, devant quelqu'un qui est reconnu comme une autorité en la matière ; se rappeler aussi que, depuis un âge fort tendre, Stendhal n'a cessé de réfléchir aux techniques de fabrication littéraire ; que même s'il est venu tard au roman, en 1838 il n'est plus un débutant ; se persuader enfin que l'absence de règles est une règle et relève de plein droit d'une poétique. Le primesaut est un art des plus subtils, et paradoxalement des plus prégnants. Entendons que si établir un plan « glace » Stendhal, comme il n'a cessé de le répéter, tue son imagination, nous savons aussi que chez lui l'improvisation déploie ses arabesques sur un fond soigneusement « préparé » — comme on le dit d'une toile qui n'est plus brute, mais enduite par l'artiste avant d'y poser ses couleurs. Les impromptus stendhaliens ne sont pas médités à loisir, mais, tout en s'ouvrant toujours à la surprise possible, aux virtualités de la rencontre, ils ne titubent pas à l'aveuglette ; s'il ne connaît pas à l'avance tous les détours du chemin qu'il lui prendra fantaisie d'essayer pour y aller, Stendhal sait où il va.

Nous ne possédons pas le manuscrit de *La Chartreuse de Parme*. De quoi mettre en déroute ou pour le moins frustrer les tenants de la génétique textuelle, avides de surprendre, à l'état naissant, les secrets de l'écriture non encore coagulée dans sa formulation définitive. Les manuscrits stendhaliens qui nous sont parvenus montrent que, loin de sacraliser la rature, et parce que pour lui écrire n'est pas une activité intransitive, trouvant son achèvement, mais aussi son épuisement, dans sa propre nécessité interne, Stendhal ne lui confère qu'un intérêt tout relatif d'amélioration ponctuelle. Il ne s'agit pas de s'approcher d'une perfection idéale, d'arriver à une beauté suprême, définitive, intangible du texte, mais simplement d'être plus clair ou moins lourd. Quand chez lui les ratures s'accumulent, c'est très mauvais signe : les choses patinent et, en général, se gâtent ; ce qui est pour d'autres inquiétude métaphysique, effort pour atteindre à l'expression unique, n'est pour lui que symptôme de panne. Il l'a encore confié à Balzac, et il n'y a nulle raison de ne pas le croire : dans la *Chartreuse*, « beaucoup de passages de narration sont restés tels que je les ai dictés, sans correction aucune[1] ». Cet énorme travail, ce n'est pas du travail. Il y a là quelque chose qui bien sûr ravit, mais aussi obscurément choque : comme si Stendhal avait triché. Tant est invétérée l'idée que l'inspiration est faite surtout de transpiration, l'idée surtout, si inhérente au complexe du malheur « moderne », que la valeur et l'authenticité d'un artiste sont proportionnelles à sa vocation à *souffrir*. Mais, tant mieux ou tant pis pour lui, Stendhal n'a jamais porté sa plume comme une croix.

Un trait essentiel de la *Chartreuse*, et tout à fait déterminant dans sa « pragmatique » (ses effets de lecture, qui sont aussi et d'abord des effets d'écriture), tient au fait que c'est un texte *parlé*. Stendhal l'a confié à Balzac : il a dicté le roman, et ce caractère d'oralité est sensible dans un certain tempo rapide, l'allure soutenue (parfois presque emballée) de la progression et de la profusion événementielles, qui tient l'auditeur en haleine, ainsi que dans nombre d'interventions plus ou moins obvies du narrateur lui-même qui, comme en aparté, commente son récit à l'adresse du public. Il s'agit, pour ne pas ennuyer, d'aller vite et surtout d'imposer un *ton*. Il n'est naturellement pas question de prétendre que la *Chartreuse de Parme* se borne à coucher sur le papier, tel quel, ce qu'un Stendhal-Schéhérazade aurait pu, soir après soir, conter dans un salon à un cercle d'amis captivés. Pourtant, il est frappant que, beau-

---

[1] *Loc. cit.*, p. 395.

coup plus que d'autres, et même à un degré tout à fait singulier, ce roman donne à son lecteur l'impression d'une voix qui s'élève et s'invente, tout au bonheur contagieux des découvertes qu'elle fait dans l'acte même de parler. Rien de plus difficile à définir que la spontanéité, rien de plus fabriqué souvent : disons qu'avec la *Chartreuse* Stendhal offre des chances maximales à la « broderie » — le jeune Henri était accusé par ses parents de « broder », c'est-à-dire pour eux de mentir, et pour lui tout simplement d'imaginer. Ce qui frappe tellement dans la *Chartreuse* : la prodigalité d'un imaginaire qui ne se prive (et ne nous prive) de rien, assume tous ses caprices et s'élabore sans la moindre culpabilité dans toutes ses tentations, qu'il épouse avec délices (songeons par exemple à un épisode comme celui de la Fausta, qui se met à proliférer pour son propre compte, pour son propre conte, à la limite détachable du reste et autosuffisant), provient non exclusivement, mais étroitement, de cette dictée, qui est aussi diction, où se sauvegardent, au plus près de leur surgissement dans l'esprit, les trouvailles, la germination d'une histoire sinon complètement en train de se faire à nos oreilles, du moins qui a su se placer dans les conditions de « flottement » (au sens où « flottent » les rêves) les plus favorables aux visitations de l'instant. « J'étais pressé par les idées », dit encore Stendhal à Balzac. Le livre se délivre oralement, comme sous l'effet d'une urgence enfin reconnue, d'une pression venue de très loin à laquelle on a accepté de céder.

C. COMME UNE BOUFFÉE DE PARFUM

Le prétendu « miracle » de *La Chartreuse de Parme* est un mythe. Il n'y a pas de miracle de *La Chartreuse de Parme*, ou du moins pas plus que dans la floraison de l'aloès, dont on assure qu'elle éclôt une fois tous les cent ans, avec un bruit de canon. Stupéfiant autant qu'on voudra, le prodige s'explique par l'accumulation secrète et lente, dans les moelles profondes de la plante, d'une énergie qui *doit* enfin s'éjaculer dans la révélation de la fleur. N'y verront une merveille que ceux qui ne savent pas deviner la silencieuse alchimie qui, dans la nuit, peu à peu sédimentait le désir jusqu'à ce qu'il lui fallût spectaculairement se déclarer, déborder. Le premier critique posthume de Stendhal, mais non le moins pénétrant, Auguste Bussière, dans son remarquable article de *La Revue des Deux Mondes* du 15 janvier 1843, remarquait déjà que le roman parmesan de Stendhal est « le couronnement logique de toute sa vie et de toutes ses pensées, le livre spécial pour lequel il semblait être né à la vie d'écrivain, le fruit mûr et doré promis par tous ses ouvrages antérieurs », ajoutant : « *La Chartreuse de Parme* n'est que le résumé en action de toutes les idées et de toutes les théories qu'il [le lecteur des précédents ouvrages de Stendhal] a rencontrées antérieurement à l'état de formules analytiques[1] ». Sans tomber dans une téléologie naïve, qui ferait de la *Chartreuse* l'immanquable aboutissement de tout ce qui était venu avant, sans oublier non plus qu'elle ne marque pas le terminus de la tra-

1. *In* Émile Talbot, *La Critique stendhalienne de Balzac à Zola*, York, French Literature Publications Company, 1979, p. 100.

jectoire romanesque stendhalienne, qui se poursuit après elle, et dans une tout autre direction (avec *Lamiel*, qui n'est pas rien), il est incontestable qu'elle se trouve au confluent de deux courants qui n'en font qu'un et ne s'étaient encore jamais rencontrés dans un espace d'écriture aussi ample : le courant italien et le courant autobiographique, harmonieusement fondus. Bien entendu, depuis l'*Histoire de la peinture en Italie* (1817), *Rome, Naples et Florence* (1817, 1827), la *Vie de Rossini* (1823), les *Promenades dans Rome* (1829), *Vanina Vanini* (1829), les premières *Chroniques italiennes* (1837-1838), Stendhal n'a jamais cessé de s'occuper d'Italie, horizon constant de sa réflexion, de son fantasme, et lieu privilégié de sa vie. Il ne lui a pourtant pas encore fait le grand sort romanesque qu'elle mérite.

Après une si longue et riche incubation, les temps semblaient venus pour la vaste synthèse fictionnelle où il pourrait lancer les personnages nés de ses rêves dans les paysages, les passions, la culture et la civilisation d'un pays qu'il avait passionnément ausculté parce qu'il avait décidé de le faire sien, ou de se faire sien, avant même de l'avoir connu, ainsi qu'il en témoigne dans la *Vie de Henry Brulard* (commencée en 1835), où, dans une reconstruction *a posteriori* très éloquente, il affirme avoir *choisi* dès la petite enfance d'être Italien pour se rattacher de plus près aux scénarios du désir lié à la mère, que le roman familial profile sur fond transalpin. On constate que, dans les mêmes années, Stendhal exploite les manuscrits anciens qu'il a découverts en 1833, qui vont devenir le matériau premier de toute une série de *Chroniques* se proposant d'illustrer par l'exemple ce que c'est (ou ce que cela a pu être) qu'être Italien, et qu'il s'engage dans une archéologie du moi qu'il interrompt précisément au moment de toucher à ce qu'il a toujours considéré comme l'époque la plus belle et la plus heureuse de sa vie : son arrivée en Italie en 1800 dans le sillage de Bonaparte ; comme si un obstacle intérieur l'empêchait de dire ce à quoi il tient le plus, de livrer ses enjeux les plus essentiels, l'amenant à les garder en réserve pour le faire ailleurs, autrement, par exemple dans une transposition romanesque qui en faciliterait l'aveu (en ce sens, il est bien vrai que, renouant le fil là où la *Vie de Henry Brulard* l'avait laissé pendant, *La Chartreuse de Parme*, c'est de l'autobiographie poursuivie par d'autres moyens). Si en 1835 le Dauphiné natal apparaît sous les couleurs les plus sombres à cause du contentieux avec le père, il n'en est plus du tout de même dans les *Mémoires d'un touriste* de 1838, où, débarrassé de ce qui l'offusquait par l'exorcisme de *Brulard*, le massif de la Chartreuse (en un sens la seule, la vraie, la principale et originaire, *mater et caput omnium cartusarum,* dont celle de Parme n'est qu'un écho lointain et affaibli) se voit magnifiquement réhabilité et célébré par quelqu'un qui, après l'avoir renié, ne craint pas de se revendiquer comme *l'enfant du pays*. Imaginer une Chartreuse à Parme, c'était bien rejointoyer les deux moitiés d'un moi hémiplégique qui, presque dès l'origine, s'était éprouvé et voulu dissocié entre un ici vécu comme un exil et un là-bas souhaité comme une matrie. Suggérer que Fabrice del Dongo est fils d'un officier français, glisser dans son nom même une allusion qui ne peut être comprise que sur les bords de l'Isère (Valserra est emprunté au patronyme du baron des Adrets, chef protestant qui s'illustra dans la région au XVIe siècle), c'est réaliser quelque peu cet impensable tantalisant : Grenoble en Italie, ou plutôt l'Italie à Grenoble. Une comblante réconciliation entre les deux versants de soi.

Peut-être envisage-t-on mieux maintenant pourquoi, au lieu de parler de miracle, avec tout ce que cela suppose d'inexplicable mise entre parenthèses des causalités naturelles, on ferait mieux de parler d'élargissement en voie royale de chemins frayés dès longtemps, ou de *précipité* au sens chimique (car c'est un livre bien et vite venu, il est venu avec une sûreté qui est tout le contraire de la précipitation). Tous les éléments anciens en suspension trouvent leur point de coalescence le 16 août 1838, lorsque Stendhal décide, sans savoir encore au juste dans quelle aventure il s'engage, de prendre le *Sketch* des *Origine delle grandezze della famiglia Farnese* (p. 521-525) pour en faire un *romanzetto*. Bussière avait raison : il y a une logique dans ce processus, et *La Chartreuse de Parme* est tout le contraire d'un roman inattendu. Comme la planète de Le Verrier, elle devait apparaître tôt ou tard — ou plutôt elle ne pouvait apparaître que tard, surtout chez quelqu'un qui avait la quarantaine bien sonnée lorsqu'il admit que son talent n'était pas dans le théâtre, comme il s'en était précocement convaincu, mais bien dans le roman. Dans son article de *La Revue parisienne* (25 septembre 1840), Balzac remarqua : « Ce grand ouvrage n'a pu être conçu ni exécuté que par un homme de cinquante ans, dans toute la force de l'âge et dans la maturité de tous les talents[1]. » C'est profondément vrai. Œuvre-somme, la *Chartreuse* rassemble et orchestre en bouquet — qu'on se gardera pourtant de qualifier de « final » — la plupart des thèmes, images, idées, désirs, souvenirs, préoccupations et goûts qui, dans tous les ordres et à tous les niveaux de l'être beyliste, ont *veiné* l'ensemble d'une vie riche d'expériences variées et consacrée en priorité à l'élucidation et à la jouissance de soi. Tout s'y exprime aussi facilement parce que, depuis des décennies, tout est répertorié, analysé, savouré, et que cette matière chatoyante n'a qu'à se couler dans un lit qu'un immense et raisonné exercice d'autoconnaissance lui a préparé. Et c'est pourquoi il est impossible d'isoler tel ou tel aspect au détriment des autres (l'érotique, le politique, l'anthropologique, l'esthétique, le mythologique, l'initiatique...), il faut tâcher de les saisir à la fois dans ce que Lampedusa appelait très bien leur miroitante « polyédricité[2] ». Quant à la technique, elle se fait oublier, et c'est à coup sûr sa plus belle réussite ; mais elle ne peut être atteinte que par quelqu'un qui a fait de manière approfondie le tour des problèmes et décide de vagabonder selon son bon plaisir, loin des théories où, dans son arrogance

---

1. *La Gloire de Stendhal*, textes choisis et présentés par Roger Stéphane, Quai Voltaire, 1994, p. 57.

2. *Lezioni su Stendhal*, Palerme, Sellerio, 1977, p. 3.

ou sa candeur, s'engonce le fondamentalisme des débutants. Rien de la souveraine aisance qui distingue la *Chartreuse* n'aurait cependant été possible s'il n'y avait pas, sous le palais bâti par les fées, des substructions très solides, qui n'apparaissent pas, mais que quarante ans de recherches ont permis d'abolir : complètement intégrées à l'instinct de l'écrivain, il peut s'offrir le luxe ultime de s'en passer.

J. Gracq, méditant sur le *fondu* caractéristique de la *Chartreuse,* ce livre « donné », « médiumnique », qu'il oppose à « l'âpre et volontaire construction du *Rouge,* toute pleine à craquer d'énergie ouvrière », estime qu'il vient sans doute « de ce que tout, du livre, a surgi ou plutôt resurgi d'un jet : c'est une nostalgie débridée et captée vive par l'écriture : toute l'Italie, à demi vécue, à demi rêvée, est remontée d'un coup, comme une bouffée de parfum, à la tête de Stendhal ; il a pu un instant n'être, indivisiblement, que ce parfum, que cet instant privilégié. Et, cet instant privilégié, le dire sans reprendre haleine, tant sa matière était volatile[1]... »

1. *En lisant en écrivant,* Corti, 1981, p. 53-54.

C'est cela même : quelque chose se déploie, avec une soudaineté magnifique, qu'une longue patience avait ensemencée, et cette effervescence de qui laisse enfin fuser, sans projet autre que s'assouvir, ce que de tout temps il avait *sur le cœur.*

Que Stendhal ait eu le sentiment d'un puissant achèvement intime, on le conjecture aisément en observant que c'est de son cinquante-sixième anniversaire qu'il a tenu à dater l'Avertissement (p. 20) : superbe cadeau offert à soi-même, jalon sur la route, particulièrement satisfaisant pour l'esprit. Ce contentement éclate lorsque, se relisant deux ans plus tard, il note sur l'exemplaire Chaper (cf. p. 555), dans son impayable sabir privatif, ingénument censé éloigner les curieux (ou pour ludiquement en rabattre à ses propres yeux de ce que l'autocongratulation pourrait avoir d'impudique) : « Aimetumie ux avoireut rois fem mesoua voir fa itcemanro ? » (p. 556). Écrire/coucher ; le sperme/l'encre. *Ou bien... ou bien* classique de la sublimation, auquel se sait voué un homme vieillissant, qui de toute façon ne fut oncques un don Juan et a même théorisé son refus de l'être (bien obligé...), mais sans tristesse ni même résignation. *La Chartreuse de Parme* vaut largement trois numéros sur le catalogue de Leporello.

II — LES IMPASSES DE LA LIBERTÉ

A. LE SACRE DU PRINTEMPS

La Chartreuse de Parme commence par prendre l'exact contre-pied d'une idée communément reçue et authentifiée par de nombreuses expériences historiques : l'occupation par une armée étrangère vécue comme aliénation douloureuse de l'être individuel et collectif. Et elle insiste par un redoublement télescopique : le transcripteur se donne comme participant, à un titre non précisé, aux conquêtes impériales et logé, par droit d'occupant, chez un chanoine padouan que rien, apparemment, ne prédisposait à se montrer si enchanté d'être occupé ; pourtant, une amitié naît, transcendante à tous clivages idéologiques ou politiques. Cette situation (le contraire du *Silence de la mer*) se voit reprise aussitôt dans l'événement qui « impulse » le roman : l'occupation — déjà ! — de la Lombardie par les Français en 1796. C'est donc « au carré », si l'on ose dire, que le récit naît de cette irruption d'un corps extérieur venu bousculer et violer le corps italien, mais pour la meilleure des causes : l'engrosser d'un merveilleux rejeton, et le faire entrer dans la modernité. Loin de confisquer l'identité nationale, l'invasion en apporte l'éclatante confirmation et même la fonde ; non seulement les Italiens ne sont pas dépossédés d'eux-mêmes par l'arrivée moins brutale que séminale des troupes d'outre-monts, mais les vainqueurs les rendent à eux-mêmes, les dotent d'une nouvelle conscience civique où ils retrouvent quelque chose que des siècles de « sensations affadissantes » avaient occulté. Le vigoureux déplacement d'air descendu des Alpes comme le souffle d'une avalanche refait des Lombards ce qu'ils étaient au Moyen Âge, c'est-à-dire des braves, et d'un troupeau d'eunuques douceâtres un peuple conscient de sa virilité, et prêt à s'en servir.

Le premier adjectif qu'on rencontre dans *La Chartreuse de Parme* est emblématique : *jeune.* Car c'est bien un formidable coup de jeunesse que s'offre alors l'Histoire en ce joli mai, un sacre du printemps, dont on ne peut rendre compte que par la métaphore féerique, qui en consacre la merveilleuse improbabilité : l'Italie comme Belle au bois dormant, plongée depuis cent ans dans la profonde narcose de l'ennui, brusquement réveillée par le baiser d'un Prince charmant qui aurait les traits d'un général de vingt-sept ans, entouré de compagnons de vingt-cinq, riant et chantant toute la journée. Un rêve de jouvence qui remue des scénarios archaïques et universels : le désir de muer, de se débarrasser de ses vieilles peaux, d'émerger neuf et vierge à une existence totalement renouvelée. Dans une intense transfusion de sang frais, des barbares inspirés, déboulant des montagnes, des clochards célestes (ni souliers ni pantalons ni habits ni chapeaux : *in naturalibus* en somme, dans une nudité adamique et républicaine de recommencement absolu) viennent revitaliser un système vermoulu, dans un geste d'un panache insolent. Qu'on assiste là à une de ces rarissimes conjonctions où les événements se hissent sans effort à la hauteur du mythe s'impose avec une évidence presque surnaturelle : Stendhal évoque des « miracles de bravoure et de génie », devenus pain quotidien ; le dessin où Gros ridiculise l'archiduc paraît « un miracle descendu du ciel » ; on semble inhaler comme allant de soi l'oxygène du sublime ; l'humanité revigorée n'est plus ni laide ni flasque, elle s'avoue dans ses aspirations les plus nobles, magiquement restituées par un coup de baguette qui enfin les fait *voir* : « on était plongé dans une nuit profonde par la continuation du despotisme jaloux de Charles Quint et de Philippe II ; on renversa leurs statues, et tout à coup l'on se trouva inondé de lumière » (p. 22). De lumières tout aussi bien, puisque c'est à Voltaire et l'*Encyclopédie*, nommément cités, que revient l'honneur d'avoir préparé ce fantastique décrassage de la pouillerie monarchique et cléricale, ce retour à l'âge d'or qui est aussi un bond en plein avenir.

D'un jour à l'autre, avec l'immédiateté irréelle des songes, un peuple, parce que pour la première fois depuis très longtemps un choc venu d'ailleurs lui dessille les yeux et le fait se sentir peuple, découvre que tout ce que ses chiens de garde lui apprenaient à respecter était « souverainement » ridicule et odieux ; il lui reste à devenir souverain de lui-même. Cet effondrement des pseudo-valeurs inculquées par une crétinisation systématique laisse la place, comme au théâtre, à un nouveau décor qui contredit le précédent et s'y substitue avec une prodigieuse facilité (inexplicable autrement que par la subsistance, la résistance, sous les ronces qui l'étouffaient et en avaient presque oblitéré le souvenir, d'une source vive attendant que la soif en fît retrouver le chemin) : les Milanais, qu'on croyait « énervés », opérés par le « despotisme cauteleux », recouvrent le plein usage d'un sexe qui, au lieu de s'épuiser dans les jeux stériles du libertinage, autorisés et même gouvernementalement recommandés, comme détournant d'autres enjeux, s'investit dans les imprévisibles réquisitions de la passion : violemment désirée, comme on ne savait plus qu'on pouvait désirer une femme, la patrie devient objet libidinal majeur, méritant que pour elle on s'expose à tous les risques. Ce fameux

« homme nouveau » que toutes les révolutions se flattent de faire éclore, il est là, engendré par les amours fécondes de la liberté telle que la République française vient d'en définir l'idéal, exportable pour le bonheur du monde, et du tempérament italien restitué à son énergie première et désentravé. Vieux comme tous les fantasmes d'Arcadie et né de ce matin.

Fantasmatique, précisément, il est clair que cet incipit triomphal(lique) de la *Chartreuse* l'est au plus haut point, et pas seulement parce que les historiens, qui n'ont pas la même mémoire imaginaire que Stendhal, nous assurent que les « libérateurs » français ont été loin de recevoir en Lombardie, en 1796, un accueil aussi enthousiaste que le romancier éprouve l'ardent besoin de nous (de se) le dire ; c'est véritablement une « scène primitive » pour lui, une sorte de coït historique entre les deux instances génitrices auxquelles il se sent redevable de son être. C'est bien de *sa* naissance en tant que « Milanese », tel qu'il se sera voulu jusqu'à son épitaphe inclusivement, qu'il est question. Milanese, mais ayant reçu la visitation inaugurale de la *furia francese* : tout comme Fabrice, bien entendu. Comment Stendhal eût-il pu, obtempérant aux injonctions balzaciennes, se châtrer de ces pages d'entame, parcourues d'un frisson si tonique, puisque c'était l'histoire rêvée de sa propre genèse qu'il contait ? « Je parlais de choses que j'adore », s'excusera-t-il en rougissant presque auprès de son censeur[1] ; « je suis amoureux de ce temps-là » (p. 564). Et pour cause : il parlait de lui, au plus intime, et, sous les

---

1. Lettre à Balzac, *loc. cit.*, p. 393.

trompettes d'un spectaculaire carambolage épique, au plus secret.

On est frappé par la sérénité domestique de l'idylle, là où on aurait pu attendre de vastes déploiements : « Dans les campagnes l'on voyait sur la porte des chaumières le soldat français occupé à bercer le petit enfant de la maîtresse du logis, et presque chaque soir quelque tambour, jouant du violon, improvisait un bal » (p. 23). C'est du Rousseau vécu sans littérature, du roman familial parfaitement harmonieux : la maîtresse du logis est aussi sans doute celle de l'envahisseur, et l'enfant aura le choix entre deux pères, mais tout conflit semble à l'avance désamorcé. Dans ces bocages fortunés, on a renoué, au sein de la pauvreté et de la simplicité patriarcales, avec le mystère immémorial du bonheur innocent, en deçà ou au-delà du « péché » politique ou religieux. L'arrivée des Français offre à des Italiens abâtardis les chances d'une véritable et profonde requalification existentielle. Une essence captive se répand et produit les effets les plus admirablement aberrants : des marchands âgés, des usuriers endurcis, des notaires sur le retour oublient d'être moroses et ne pensent plus d'abord à l'argent, ils s'ouvrent à un ordre supérieur, jusque-là bafoué. Un désordre est entré dans le monde, pour faire prendre conscience que ce qu'on prenait pour l'ordre était un désordre bien pire. Et ces révélations s'opèrent dans une grande bourrasque qui soulève les plus rassis, les marque du signe de feu d'une Pentecôte citoyenne. Fraîche et joyeuse, l'occupation est une fête. Tout cela sémillant, ingambe, «leste», comme le lieutenant Robert (p. 23) ; rien ne pèse ni ne pose ; des âmes qui se traînaient ont retrouvé des ailes, et des pieds pour danser. La gaieté est sans doute la première des vertus politiques[1].

Cet *Intermezzo* lumineux trouve brutalement sa fin au fond de grottes terribles, où cent cinquante patriotes, le *fior fiore* et l'élite du pays (« c'était bien alors ce qu'il y avait de mieux en Italie », p. 28), meurent déportés et martyrs d'une certaine idée qu'ils s'en étaient faite. Parmi leurs bourreaux, le marquis del Dongo... Cette atroce fermeture d'une ouverture palingénésique si emportante ajoute encore rétrospectivement à sa beauté. Elle ne vivra plus que dans la nostalgie des vaincus, comme un horizon chimérique. Le comte Pietranera donnera sa vie pour défendre contre de lâches roquets l'honneur bafoué de la République cisalpine, à laquelle il s'honore d'avoir appartenu (p. 39). Péguy distinguait les *époques*, où l'Histoire en veine d'idées se désembourbe et fraie des chemins inédits, des *périodes*, où elle patauge dans des radotages sans espoir. Les bouches de Cattaro enterrent une époque. Après Waterloo, dans son *Journal* (25 juillet 1815), Stendhal dessine, comme enseigne des temps nouveaux, qui sont les temps vétustes, un monumental éteignoir. En arrière, toute ! La poudre va parler : pas celle du canon, celle des cheveux. L'avenir est aux vieux.

---

[1]. Cf. Pierre-Louis Rey, *Stendhal, « La Chartreuse de Parme »*, PUF, 1992, p. 79).

B. SILENCE : ON RÈGNE

Superposons deux incipit romanesques, qui l'un et l'autre « embrayent » sur des dates précises, ce qui à première vue pourrait les apparenter. Dans *La Chartreuse de Parme*, le 15 mai 1796 débloque en fanfare une voie longtemps obstruée, le passage du pont de Lodi sépare symboliquement un *avant* paralysé d'un *après* dynamique, les hautes références (César, Alexandre) inscrivent l'événement au firmament des plus glorieuses annales de l'humanité ; il n'est pas jusqu'à la cadence oratoire de cette attaque, très inhabituelle chez un écrivain haïssant le drapé, qui n'inspire physiquement le sentiment de la grandeur ; un Esprit souffle, et le monde reverdit. Dans *L'Éducation sentimentale, histoire d'un jeune homme*, le 15 septembre 1840, un bateau ramène chez sa maman un jouvenceau, en province. On ne part plus, on revient ; comme l'indique le soustitre, il n'y a plus que des anecdotes individuelles ; et l'automne a remplacé le printemps.

Entre ces deux débuts, quelque chose est mort, que pour faire vite et grossièrement, on nommera la potentialité épique. Tout l'être-au-monde dix-neuviémiste s'enracine dans ce deuil fondateur de la gloire. Fonctionnaire impérial, Stendhal a été on ne peut plus directement impliqué dans ces enjeux gigantesques, sur lesquels il avait misé non seulement pour son ambition de carrière, mais parce que, comme tant d'autres, il a cru Bonaparte porteur et propagateur de valeurs essentielles auxquelles il adhérait fervemment. Cette illusion lyrique peu à peu dissipée, on a vu l'Empereur réinstaller, le temps passant, la pesante ankylose dont le général républicain avait voulu guérir la France et l'Europe. La défaite finale scelle sur le terrain une trahison de soi à soi. Avec une totale lucidité, Stendhal n'avait cessé de mesurer la dérive politique, qui engageait profondément, personnellement, le comportement et lui posait, de manière mordante, la question de la fidélité : à qui, à quoi ? Dans le Napoléon de la fin, que restait-il de celui à qui Henri Beyle avait, avec tant d'élan, offert l'ardeur de ses dix-sept ans ? Que reste-t-il de lui en lui, de moi en lui, c'est-à-dire de moi en moi ? Pour Stendhal, la question du destin de la liberté dans le monde moderne n'est pas un thème sur lequel tricoter des dissertations académiques : il y va de l'image qu'il a construite de lui-même, des exigences qu'il s'est données et de ce que la vie, ou l'Histoire, en ont fait.

À Waterloo, il s'agissait pour l'Italie d'une question décisive, hamlétique : être ou n'être pas (p. 108). L'Italie ne serait pas. Dès lors, le programme de Vienne est fort simple : faire comme si de rien n'avait été, nier la parenthèse libertaire, replonger les populations dans l'état d'où les Français les avaient passagèrement tirées, « le sommeil et l'incurie » (p. 37). En Italie, désormais, tout est mort, on végète entre deux ombres portées : l'une miragineuse, celle de Robespierre ressuscité ; l'autre, bien réelle, celle de la forteresse (Spielberg ou tour Farnèse) où le pouvoir expédie les rêveurs. L'élément même de la vie politique — si l'on peut sans contradiction accoler ces deux mots, puisque la politique s'identifie au refus de la vie —, c'est la peur ; parce qu'ils ont peur, les gouvernants font peur : cycle infernal qui anéantit non seulement toute conscience civique, mais l'exercice même de la pensée. Typique à cet égard la réaction des habitants de Parme lorsqu'ils constatent que pour une vétille un homme de la naissance de Fabrice n'est pas libéré ; c'est donc qu'il y a de la politique dans son affaire : « alors, inutile de s'occuper davantage de lui, avait-on dit... » (p. 376). Par une perversion totale, un renversement vicieux de ce qui devrait être, la politique décourage, démobilise, interdit et menace quiconque serait tenté d'y toucher, d'entrer dans son cercle dangereux et truqué : « les petits despotismes réduisent à rien la valeur de l'opinion » (p. 392). Il est donc plus prudent de n'avoir pour opinion que celle qui est recommandée par les autorités, c'est-à-dire pas d'opinion du tout. Tout l'art du pouvoir est dans la technique qui amène sans qu'ils s'en doutent les citoyens à pratiquer ce suicide doux.

À Parme, il y a dans tous les placards des cadavres qu'on s'emploie nerveusement à empêcher de suinter. Cela va des « crimes » étourdis de l'inoffensif duc Sanseverina-Taxis, qui, dans un moment de distraction, a cru bon d'acheter un buste de l'Empereur et de prêter des napoléons à Ferrante Palla (p.120) — crimes qui l'empêchent d'obtenir certain grand cordon, objet de ses vœux les plus chers —, à des actes moins légers comme l'empoisonnement d'un capitaine par Fabio Conti (p. 303), ou la fusillade par Mosca, en Espagne, de deux espions qui peut-être n'en étaient pas (p. 428), ou la pendaison de deux libéraux « peut-être peu coupables » par le prince, dans un mouvement d'humeur attisé par Rassi (p. 108) ; c'est à *Macbeth* qu'on penserait plutôt ici, les taches maudites étant remplacées, à la mesure des âmes contemporaines, par des scrupules nigauds ou des terreurs puériles. Stendhal en rajoute bien entendu dans la caricature bouffe lorsqu'il nous montre le ministre inspectant le dessous des lits ou les étuis de contrebasse pour apaiser les cauchemars jacobins de son maître (p. 109), mais ces pantomimes de guignol, au fond, ne suscitent pas le rire : ces arlequinades effraient[1] par tout ce qu'elles manifestent de capacité d'inspirer la crainte aux autres pour se défendre de celle que l'on ressent. Visiblement, Stendhal a redouté que son lecteur ne voie en Ranuce-Ernest IV qu'une ganache ; de ce point de vue, les ajouts proposés sur l'exemplaire Chaper sont éloquents : c'est « l'un des princes les plus capables que l'Italie ait produits depuis bien des années », il lit Montesquieu, il a le sens de la raison d'État, qui « neutralise l'horreur » ; rien de bas en lui ; on peut le haïr, mais non le mépriser+ (p. 570, 571 et 576). Ces notations visent à rééquilibrer dans le sens de la dignité un personnage guetté à la fois par l'odieux et par le grotesque, le second étant d'ailleurs supposé lutter contre les effets délétères du premier.

---

1. Maurice Bardèche, *Stendhal romancier*, La Table ronde, 1947, p. 382.

Ce problème de l'odieux, qui depuis si longtemps tourmente Stendhal, trouve peut-être ici une solution : « Il était impossible à Stendhal de parler avec sang-froid du directeur de la prison de Verrières, des préfets, des policiers, des délateurs, des salariés du pouvoir. À cause de ce mépris un peu trop apparent, son roman n'atteignait pas à une parfaite pureté esthétique. [...] Le procédé de transposition de la *Chartreuse* est une idée de poète comique. [...] Peut-être Stendhal n'a-t-il jamais été aussi près que dans la *Chartreuse* d'atteindre ce destin de grand poète comique qu'il s'était jadis proposé[1]. » C'est vrai qu'il y a quelque chose de moliéresque dans certaines scènes de la Cour parmesane, où le jeu de l'inauthentique, littéralement exponentiel, atteint à une sorte de vertige absolu d'un cynisme tellement illimité qu'on ne peut plus l'envisager que par le rire, mais Balzac a trouvé l'épithète juste lorsqu'il parle du « poignant comique[2] » de ces intrigues. Elles amusent, mais elles font mal. Il ne s'agit pas de monter sur ses grands chevaux ni d'affecter de défendre les Valeurs outragées (un des grands thèmes de la *Chartreuse* étant précisément que la politique n'a strictement rien à voir avec l'éthique, et que si l'on veut cultiver l'une, il faut *ipso facto* renoncer à l'autre), mais de rappeler *à quel prix* s'achète le privilège de gouverner les hommes.

Quelques faits se passent de commentaire. Ayant compris que quiconque dispose de l'imaginaire dispose de tout, Rassi organise des simulacres d'exécution (p. 110). Le

1. *Ibid.*, p. 378.

1. R. Stéphane, *op. cit.*, p. 56.

prince n'accorde jamais de grâce (p. 128). Il « adore exiler » (p. 251). Il fait placer des papiers compromettants chez les personnes dont il veut se débarrasser (p. 280). Si Gina se donne à lui, il mettra Mosca à la tour pour toute sa vie, sans un instant d'hésitation (p.142). Son sadisme est patent : avec Mosca (p. 149), avec Gina surtout (p. 244, 333 et 336) ; ce Louis XIV en toc cache un Néron au petit pied, jouissant de faire souffrir, maître dans l'art raffiné de la torture par l'espérance. Sa ruse éclate dans la manipulation perfide des dates qui lui permet, en sauvant les formes, d'arrêter le neveu pour avoir la tante (p. 255). Il ordonne le poison sans état d'âme (p. 356). Il y a quelque chose de pourri au « royaume » de Parme : celui qui se rêve souverain constitutionnel de dix millions de sujets et n'est dépourvu ni d'esprit ni de bravoure, est aussi un tyranneau capable de tout. Et pas un secteur de la vie publique parmesane qui ne soit contaminé de cette lèpre centrale. Sur tous les marchés, on ne manque pas de prélever un pourcentage pour les menus plaisirs de la maîtresse régnante (p. 125). La justice est aux ordres, et jusqu'à l'imbécillité : les mêmes magistrats, qui sans sourciller ont fixé la peine de Fabrice selon les consignes de Rassi, prétendent, lorsque le vent du palais a tourné, l'acquitter par acclamations, et dès la première séance du procès (p. 256 et 444) ! L'enlèvement de témoins gênants est considéré, tant par Rassi que par Mosca, comme une pratique licite (p. 424). Les libéraux, qu'on pourrait croire victimes désignées, voire martyrs de ce système pervers (au salon Crescenzi, on pavoise lorsque la gazette apporte la nouvelle qu'on en a tué une cinquantaine en Espagne : union sacrée contre l'Internationale rouge), participent eux aussi à l'imposture générale : « Dieu sait quels libéraux ! » soupire Mosca (p.122), eux qui ne professent une opinion que pour la monnayer le moment venu, et dont les généreuses tirades camouflent l'impatience de courir à leur tour à la soupe. D'ailleurs, certains d'entre eux sont payés directement et secrètement par le prince (p. 393).

Les benêts n'en reviendront pas, mais il ne faut pas être dupe du trompe-l'œil des partis : la politique fonctionne selon les lois d'une « logique de l'illusion [...] ; elle n'est pas dans son affiche, parce qu'elle n'est que cette affiche[1] » ; ce qui implique bien sûr un usage codé du langage, où signifiant et signifié n'entretiennent plus que des relations parodiques : lorsque Rassi fait répandre que, par son évasion, Fabrice « s'est dérobé à la clémence d'un prince magnanime » (p. 390), il ne peut se retenir d'en rire lui-même, tant la dévaluation de l'aloi sémantique atteint, dans la langue de bois officielle, des sommets de réjouissante (ou consternante, ou révoltante) absurdité. On en verra, sur un autre plan, mais étroitement solidaire, une éclatante confirmation dans ce *Te Deum* que les prisonniers de la tour Farnèse, à qui leur gouverneur n'accorde qu'une demi-heure d'air tous les trois jours, se cotisent pour lui offrir lorsqu'ils apprennent qu'il est sauvé de son apoplexie : l'aliénation peut-elle aller

1. Michel Guérin, *La Politique de Stendhal*, PUF, 1982, p. 226-227.

plus loin ? Mais qui osera les juger ? « Oh ! effet du malheur sur ces hommes ! Que celui qui les blâme soit conduit par sa destinée à passer un an dans un cachot haut de trois pieds, avec huit onces de pain par jour et *jeûnant* les vendredis » (p. 374-375).

Lorsqu'on nous assure qu'il faut se garder de toute lecture militante des mécanismes du pouvoir dans *La Chartreuse de Parme*, que Stendhal se borne à analyser un fonctionnement forcément immoral, et sans s'en indigner, parce que cette immoralité est inhérente à la nature même du politique — Mosca haussera les épaules devant l'enfantillage de Ranuce-Ernest V qui, lui, voudrait un ministère *moral* (p. 413) —, on doit porter d'autant plus attention à cette exclamation émue du scripteur lui-même, soulignant ce qu'il y a d'inhumanisant, de profondément attentatoire à l'instinct de liberté et de dignité de toute créature, dans une pratique qui ne peut apparaître que comme une entreprise systématique et délibérée d'avilissement de l'âme et de dégradation ontologique. On ne saurait oublier que le séduisant « romanesque de la cour » parmesane étudié par Michel Crouzet[1], c'est cela aussi, c'est peut-être cela *surtout*. Si le Spielberg est la véritable « capitale » de l'Italie du Nord (p. 195), ce qui tient lieu de programme à une certaine Europe d'après 1815, il y a bien là quelque chose qui, à sa manière, anticipe des hantises plus contemporaines dont témoignera, sur la ville, le poids incomprhensible et oppressant du Château de Kafka[2]. Et peut-être ne trouvera-t-on pas au fond si

---

1. Cf. Bibliographie.

2. Victor Brombert, *La Prison romantique*, Corti, 1975, p. 73.

abusive l'OPA d'Aragon sur la *Chartreuse* lorsqu'il y voit une source où avaient puisé les résistants communistes fusillés [1]. Une chose est sûre en tout cas : Alain a raison lorsqu'il affirme : « On prendra très au sérieux la *Chartreuse* comme étude du despotisme tel qu'il est nécessairement par sa propre force et par son propre mouvement [2]. »

1. *La Lumière de Stendhal*, Denoël, 1954.

2. *Stendhal*, in *Les Arts et les dieux*, Pléiade, 1958, p. 767.

C. GRANDS JEUX D'UNE PETITE COUR

Mais qu'est-ce que Parme, dira-t-on ? Une « capitalette [3] » de quarante mille habitants (p. 156), une principauté miniature et vaguement folklorique, quelque chose comme le Liechtenstein ou Monaco. Rien de bien grave en somme ; d'ailleurs, on s'y ressent du progrès moderne : on n'exécutera pas Fabrice, assure Rassi, « les temps sont bien changés ! » (p. 300). Le pouvoir sans partage n'est plus ce qu'il était, c'est l'effet des journaux de Paris qui, malgré barrages et ponts-levis, réussissent à s'infiltrer dans l'air qu'on respire. Mais si, comme l'a bien vu Valéry [4], il y a incontestablement un petit côté « opérette » dans la *Chartreuse*, sous *La Grande Duchesse de Gerolstein* étouffe un *Fidelio*. On sait pour quelles raisons de prudence Stendhal a choisi Parme, peu compromettante, et lui autorisant une auscultation plus libre et donc plus âpre. Mais il est clair qu'il nous donne, à petite échelle, un tableau parfaitement valide des rouages de *tout* pou-

3. Balzac R. Stéphane, *op. cit.*, p. 50.

4. Stendhal, in *Variété II*, Pléiade, p. 556.

41

voir. Balzac le souligne avec force : « Parme vous fait comprendre, *mutato nomine,* les intrigues de la cour la plus élevée. Les choses étaient ainsi sous le pape Borgia, à la cour de Tibère, à la cour de Philippe II ; elles doivent être ainsi à la cour de Pékin[1] ! » Stendhal lui confiera d'ailleurs : « J'ai fait le Prince d'après la cour de Saint-Cloud que j'habitais en quelque sorte en 1810 et 1811[2]. »

Faut-il prendre au pied de la lettre cette étonnante déclaration, et si oui, en tirer toutes les conséquences ? Napoléon, cet épouvantail superlatif, l'Antéchrist, le Grand Refoulé, le formidable Non-Dit et Non-Dicible qui hante les nuits de tous les potentats après Waterloo — c'est donc lui qui, au fond, aurait servi de prototype aux mesquineries, aux perfidies, aux tristes petites manigances du théâtre de la cruauté quotidienne auxquelles succombent inévitablement les despotes, encouragés par l'universelle servilité ? Sur l'exemplaire Chaper, Stendhal a noté que Ranuce-Ernest IV eût été capable de gouverner de grands États comme la France ou la Russie (p. 570). Manière d'inviter le lecteur à une projection mentale qui, de la modeste scène de Parme, élargit les opérations sans en changer la nature. On peut voir là, dans l'aporie d'une figure à la fois rêvée comme émancipatrice et expérimentée comme mutilante, toute la complexité de l'attitude stendhalienne envers Napoléon, jamais renié (et l'introït de la *Chatreuse* paie une dette qu'on aura toujours fierté et bonheur à reconnaître), mais considéré, pourtant, sans la moindre complaisance et avec

1. R. Stéphane, *op. cit.,* p. 58.

2. Lettre à Balzac, *loc. cit.,* p. 316.

une grande tristesse intime (« Heureux les héros morts en 1804 ! »)[1], comme de plus en plus infidèle à son charisme historique, de plus en plus banalisé en somme : qui eût dit que Bonaparte deviendrait un monarque comme les autres ?... Ainsi, c'est non seulement au Roi Soleil, à Joseph II, ses grandes hypostases imaginaires, mais à celui qu'il abomine entre tous que Ranuce-Ernest IV ressemble : il y a, à l'œuvre dans ce rapprochement blasphématoire, une logique devenue folle, qui illustre mieux que tout la faillite d'un idéal. Les princes parmesans semblent ne pouvoir se passer de grandes références : le père vit en esprit à Versailles ou Schönbrunn, le fils tient plutôt ses regards fixés sur le Louvre (Marie de Médicis, Louis XIII, Richelieu, p. 422). Ce mimétisme, outre qu'il manifeste l'incapacité à inventer soi-même des formules nouvelles, non moins que la vanité de se prendre pour beaucoup plus que ce qu'on est, est significatif de la conviction que le pouvoir est toujours et partout le même, qu'il sécrète les mêmes tentations et les mêmes comportements, qu'il s'exerce selon les mêmes schémas universels, dont la *Chartreuse* présente comme une maquette ou un modèle réduit.

Certes, la façade ne manque pas de charmes. Extérieurement, la vie est brillante, et grâce à Gina, on s'amuse. La métaphore théâtrale qui structure toute l'activité de la cour a été abondamment étudiée, et à juste titre, car c'est en elle que s'articulent organiquement les chatoiements d'un décor flatteur à l'œil et les manœuvres sordides qui, en

---

[1]. *Lucien Leuwen*, Pléiade, p. 785.

coulisse assurent le triomphe du mirage. Comme à l'Opéra, tandis que des dieux chantent sur les nuées, des ficelles peu reluisantes se tirent discrètement pour les maintenir dans leur empyrée mélodieux. Tout le monde joue, et même parfois joue à jouer : lorsqu'on donne la comédie au château, comme chez Shakespeare, la mise en abyme dramaturgique sert de révélateur à l'essence profonde d'un monde qui n'existe que par le masque et par la convention, où toute personne est d'abord *persona*. D'où l'importance capitale des règles, comme dans la poétique : c'est sur elles que s'établit un univers entièrement fondé sur une sémiotique implacable, généralisée, ne souffrant aucune approximation ni aucune exception, dont les courtisans sont les virtuoses. Idiome en soi, spécifique à la cour, construction d'une parfaite artificialité, œuvre d'art abstrait, d'un confondant arbitraire, qu'il faut dominer avec le plus grand naturel, comme si précisément c'était une nature (raffinement suprême de l'antinature). Ici, la *Chartreuse* intègre complètement le grand amour de Stendhal : Saint-Simon. « La Cour est un autre élément que celui que l'on respire ; c'est une autre manière d'exister, de vivre, de penser[1]. » Un pur système de formes habillant le vide, et qui paradoxalement nourrit le plein du pouvoir.

Là-dessus, la duchesse et le bagnard tombent parfaitement d'accord et posent le même diagnostic, pierre angulaire d'une saine pédagogie : Gina ne fait rien d'autre qu'inculquer à Fabrice les leçons que Vau-

1. Louis-Sébastien Mercier, *Tableau de Paris*, Le Mercure de France, 1994, t. II, p. 515.

trin a déjà administrées à Rastignac dans le jardin de Maman Vauquer (*Le Père Goriot*), et qu'il redonnera à Lucien de Rubempré sur la route près d'Angoulême (*Illusions perdues*). Bouillotte ou whist, la métaphore est la même, elle a le mérite de la clarté et de la simplicité : si l'on veut gagner au jeu de la société, il est indispensable de connaître les règles et de les accepter ; nul n'est obligé de demeurer à la table de jeu, et si l'on fait le dégoûté, on peut toujours s'en retirer (dans une *Chartreuse*, par exemple) ; mais si l'on décide de rester, il est d'une logique élémentaire de bien pénétrer les conventions qui définissent la partie, pour les exploiter à son profit et l'emporter sur ses adversaires (p. 133). On voit mal ce qu'on pourrait répliquer à pareille argumentation d'une massive évidence. Il s'ensuit que toute objection aux règles apparaîtrait comme parfaitement déplacée : il est exclu de les réformer, elles sont à prendre ou à laisser, c'est un donné, ou une donne, avec lesquels, si on choisit de jouer, il faut obligatoirement composer, le triomphe étant de tourner à son profit les « gênes exquises » (eût dit Valéry) mises en place par le système, de les utiliser pour atteindre son but grâce à des combinaisons subtiles et de sagaces prévisions.

C'est là que l'on comprend combien les microscopiques manœuvres de la cour de Parme peuvent avoir, pour qui a l'esprit fait d'une certaine façon, des enjeux captivants. Bien sûr, ces calculs sont ridicules et absurdes : « Et pourtant une fois qu'on s'est accoutumé aux règles, il est agréable de faire l'adversaire chlemm » (p. 115). Il y a un plaisir spécifique, que seuls peuvent goûter les adeptes de certaines voluptés cérébrales, à méditer des « coups », beaucoup plus pour leur beauté intrinsèque que pour le succès qu'ils assurent (la chasse pour la chasse davantage que pour la proie). C'est ce qui peut justifier la présence active dans la médiocrité parmesane de personnages supérieurs, qui s'amusent à déplacer les pions — pions eux-mêmes, néanmoins, car dans ce microcosme où n'existent que des rapports de force, tout le monde tient tout le monde, et chaque évolution d'une pièce sur l'échiquier, ou chaque carte abattue, modifie les équilibres, inverse les chantages, remet tout en question. Chacun est pris dans un réseau, dont les fils continuellement mouvants tantôt le ligotent, tantôt le libèrent. Ce permanent quitte ou double offre un indiscutable attrait d'aventure, et pimente la vie quotidienne : on n'a pas droit à l'erreur, malheur aux maladroits. La tour Farnèse est là pour rappeler qu'il n'y a rien de plus sérieux (donc de plus excitant) que ce jeu-là.

Pour mettre toutes les chances de son côté, il faut commencer par abdiquer les qualités personnelles qui feraient croire qu'on s'estime supérieur aux règles, et donc en dehors d'elles ; l'enthousiasme est synonyme de péché mortel par excellence (p. 129), le premier devoir de qui veut gagner est de s'effacer. Rude catéchisme à prêcher à un néophyte doué, et piaffant ! Mais il faut savoir ce que l'on veut : *ad augusta per angusta*... Libre à quiconque d'estimer que le jeu n'en vaut pas la chandelle. Il n'y a d'alternative à ces fourches caudines que la retraite du sage, du misanthrope ou du saint. On ne peut se défendre de se demander s'il vaut vraiment la peine, malgré les émotions du joueur, absorbé dans ses astucieuses diagonales, de s'exposer à tant de dégoûts, de se condamner à évoluer dans un monde si faux et si dur à la fois, stigmatisé d'un mot par Clélia, qui pulvérise les apparences très civilisées et ouvre un regard vertigineux sur l'essentiel : Parme est un univers d'« assassins polis » (p. 318). Elle en sait quelque chose, la malheureuse, fille d'un homme dont le génie carcéral a produit dans la tour ses plus belles inventions, et fier que leur mise au point lui ait valu pendant deux ans une audience hebdomadaire de son prince (p. 305). Il en sait quelque chose aussi, le pauvre fils de Rassi, « jeune et innocent écolier de seize ans », qu'on chasse des cafés parce qu'il porte un nom que l'on donne en ville aux chiens enragés (p. 293-294). C'est cela aussi, la monstruosité politique de Parme ; disons mieux : la monstruosité politique tout court. De ce point de vue, Parme est partout. Dans ce milieu terrible de « l'absolutisme doucereux[1] », il n'est pas d'innocents. Tout le monde, qu'il le veuille ou non, en est contaminé. Tout le monde joue, c'est-à-dire triche, parce que la règle n'est pas ailleurs que dans la tricherie. La haine, le mépris, la méfiance, la jalousie empoisonnent, au figuré et au propre aussi, qui est bien sale. Certes, il est fort sot de prétendre s'en scandaliser. Et grâce à la Sanse-

---

1. M. Bardèche, *op. cit.*, p. 383.

verina, la saison est si étincelante ! Dans *Le Rouge et le Noir,* Valenod imposait silence à la chanson du pauvre prisonnier, qui incommodait son transit intestinal. À Parme, sous la musique des bals, on ne l'entend même plus.

D. PLUTARQUE EN AMÉRIQUE

Alors ? Tourner le dos à cette gangrène, franchir l'eau pour tâcher de repartir de l'autre côté, sur nouveaux frais, de bâtir quelque chose de vrai ? Stendhal lui-même a nourri parfois ce désir, et presque aucun de ses protagonistes n'y échappe, parce que l'Amérique étant la seule république qui fonctionne réellement, et qui inscrit la vertu comme principe concret de son fonctionnement, elle mérite considération comme utopie en acte, elle prouve la liberté en marchant. Aucun caractère doté de quelque générosité ne peut faire l'économie de la tentation américaine. À son retour de Waterloo, Fabrice y songe forcément : « il parlait d'aller à New York, de se faire citoyen et soldat républicain en Amérique » (p. 131). Mais Gina met aussitôt en charpie son beau rêve : « Quelle erreur est la tienne ! Tu n'auras pas la guerre, et tu retombes dans la vie de café, seulement sans élégance, sans musique, sans amours [...]. Crois-moi, pour toi comme pour moi, ce serait une triste vie que celle d'Amérique. Elle lui expliqua le culte du *dieu* dollar, et ce respect qu'il faut avoir pour les artisans de la rue, qui par leurs votes décident de tout » *(ibid.).* Pour Stendhal, les

États-Unis seraient irrespirables parce que c'est un pays puritain, matérialiste, inculte, où la démocratie vécue au quotidien a pour effet pervers de ligoter l'individu dans les mille bandelettes du conformisme[1]. C'est le terrain le plus hostile au beylisme, culture de la singularité, choix du moi, dans sa connaissance et dans son bonheur, préféré à tout.

Néanmoins, on ne se débarrasse pas si aisément du rêve républicain. Il tient, par les fibres les plus anciennes, les plus constitutives, à la personnalité de Brulard qui, contre son biotope familial, s'est édifiée sur ce socle plutarquien, et voulue fille non pas du réactionnaire Chérubin, mais des grands *exempla* de la tradition héroïque. Henri a lui aussi prêté son serment d'Hannibal. Avec toute l'exigence d'une enfance radicale, qui professe l'extrémisme comme moyen de se sentir exister, de lutter contre ce qui sera exactement le climat débilitant de Parme — les chaînes cachées sous les fleurs —, il fait un rêve de république pure et vibrante, dont les événements se chargeront bientôt d'illustrer l'inanité, mais auquel, dans un recoin protégé de son esprit et de son cœur, il n'a jamais renoncé. Celui que ses amis traitaient de « ducomane », ce talon rouge aux idées progressistes, est resté « quelque part » puissamment attaché à l'idée républicaine, même s'il reconnaît — avec beaucoup plus d'honnêteté que tant de ses confrères intellectuels qui pensent de même sans oser le dire, parce que ce ne serait pas « politically correct » — que cet idéal, dans les faits, n'est guère favorable à l'épanouissement des

---

[1]. Cf. notre article « Stendhal et la "civilisation" américaine, in *Stendhal et le saint-simonisme*, éditions de l'Université de Bruxelles, 1979.

besoins et des émois de sa précieuse personne. « Trop âpre pour ma façon de sentir », avait sobrement diagnostiqué Lucien Leuwen. Lorsque sa tante le détourne d'aller servir la belle idée américaine, parce qu'il n'y trouvera en fait qu'un horizon borné, Fabrice est consterné : « Ainsi voilà toutes mes illusions à vau-l'eau [...] ; le sacrifice est cruel ! » (p. 132). N'a-t-on donc d'alternative qu'entre la vie de cour, où l'avenir peut dépendre des trames d'une femme de chambre, et la vie vertueuse, où l'on s'étiole dans l'ennui : en Amérique, la bêtise de la boutique — et pas d'Opéra (p. 427) ! Fabrice n'ira donc pas aux États-Unis ; il n'y rencontrera pas Ferrante Palla, qu'il aurait aimé s'il l'eût connu, quoique celui-ci exécrât les gens de la caste aristocratique (p. 349) : qu'est-ce à dire ? Peut-être que Ferrante est moins républicain, et Fabrice davantage, que chacun ne le croit.

Zola (qui, au demeurant, et même si sur le tard il a nuancé son opinion, n'aimait guère la *Chartreuse* — on s'en serait douté : la généalogie des archevêques de Parme a peu à voir avec Claude Bernard) n'a vu dans Ferrante Palla qu'« une de ces bonnes figures de Walter Scott[1] », une de ces silhouettes pittoresques qui passent dans les marges ou en arrière-fond de la fiction pour l'épicer de quelque saveur folklorique. Mais il est beaucoup plus qu'un original italien (c'est-à-dire redoublé, les Italiens étant par définition tous originaux), un hurluberlu sympathique dont l'innocente toquade est acceptée par les gens de Sacca (« il aime notre Napoléon »,

---

1. É. Talbot, *op. cit.*, p. 261.

p. 361). Balzac l'a rapproché de son Michel Chrestien, une des figures les plus nobles de *La Comédie humaine*, c'est tout dire[1]. Outre le rôle fort important qui lui est dévolu dans les événements, il *représente* pour quelque chose qui dépasse de loin ses bizarreries personnelles, une grande Idée malheureusement devenue fantasque, et qui ne peut pas ne pas l'être dans la modernité européenne, et singulièrement italienne, laquelle condamne tout républicain à paraître (et à être) plus ou moins timbré, si béant se révèle l'écart séparant son rêve des conditions concrètes de sa réalisation.

Du point de vue des qualités humaines, Ferrante a tout pour lui : il est jeune, il est beau, il est passionné, il exerce une profession utile (médecin), c'est aussi le plus grand poète du pays depuis Dante, il est courageux et en a fourni maintes preuves (condamné à mort, évadé trois fois). Sa maigreur ascétique annonce un programme de conviction brûlante. Bien entendu, ses gambades faunesques, son emphase tribunitienne, ses délicatesses dans ses activités de détrousseur de grands chemins, ses inconséquences de révolutionnaire amoureux d'une duchesse, le constituent, d'une certaine manière, en figure bouffe. Mais d'une bouffonnerie signifiante et complexe, qui témoigne, plutôt que d'un dérangement tout personnel, d'un empêchement plus général : dans l'univers de la Sainte-Alliance, quiconque professe sincèrement certains idéaux est *forcément* insensé. Ce n'est pas pour rien qu'une des armes favorites des régimes totalitaires est de

---

[1]. R. Stéphane, *op. cit.*, p. 72.

faire passer pour aliénés ceux qui n'en prennent pas leur parti (c'est-à-dire qui n'ont pas leur carte du Parti). Il y a quelque chose de cela dans la situation de Ferrante. Est-il par nature un illuminé, où a-t-il été rendu tel par le contexte politique qui ne lui réserve pas d'autre rôle ? Il occupe en somme la fonction de fou du prince, en charge d'une vérité qui, parce qu'elle dénonce comme folie ce qui l'entoure, ne peut passer elle-même que pour folie. Parce qu'il se fait une certaine idée de la liberté, et qu'il ne désespère pas de lendemains qui chanteront, Ferrante, au lieu et au temps où il vit, ne peut être qu'un grotesque.

« Santé et maladie, la folie se veut guérison, et demeure éternelle blessure. Pathétique et dérisoire, elle est à la fois richesse et manque. Elle comporte le bonheur du désir et la misère du besoin. Volupté de promesse, elle demeure éternelle frustration. Vision immédiate, vertigineuse de l'essence même des choses, elle est en même temps aveuglement. Mais cet aveuglement est une chance magnifique ; il constitue la condition même de possibilité de grandeur. [...] La folie se nourrit de l'impossible et s'y heurte en même temps. Elle constitue la réponse aux deux questions clés que se pose Stendhal : comment l'homme est-il vrai ? Comment l'homme est-il grand ? Mais en même temps, cette vérité ne se réalise que dans le désastre, cette grandeur entraîne l'homme à sa perte[1]. »

1. Shoshana Felman, *La « Folie » dans l'œuvre romanesque de Stendhal,* Corti, 1971, p. 147.

Quant à la contradiction chez Ferrante entre l'idéologique et l'esthétique (étroitement lié au libidinal), c'est-à-dire entre l'égalitarisme démocratique et le goût pour les habits élégants, les mains blanches, la répulsion envers la pauvreté comme laide, l'instinct du beau comme inutilité essentielle et supplément d'âme vital, c'est un vécu beyliste dont l'intéressé nous a abondamment fait confidence, et qu'il a résolument assumé.

Ferrante est le seul homme à Parme qui n'ait absolument rien d'une poupée (sans en excepter Mosca) : il le dit sans forfanterie à Gina, qui finira par lui donner raison (« Voilà le seul homme qui m'ait comprise », p. 367). Ses faiblesses — c'est autant par amour pour Gina que par nécessité politique qu'il tue Ranuce ; il est superstitieux et offre à son idole une Madone miraculeuse (p. 415) ! — partout ailleurs qu'en Italie détonneraient comme incongrues chez quelqu'un qui veut renverser la société existante et créer une Cité pure et dure. L'important est dans la mission d'éveil qu'il s'est assignée : empêcher les cœurs « de s'endormir dans ce faux bonheur tout matériel que donnent les monarchies » (p. 361). Ce faisant, il se place à un point absolument névralgique pour Stendhal, lui aussi tiraillé entre le souhait d'aiguiser la conscience civique et le besoin de certaines jouissances qu'on ne savoure pleinement que sous le mol édredon de régimes anesthésiants. Plutôt que de voir en Ferrante et en Stendhal des figures de cette « mauvaise foi » typique de certains, dont les sourcilleuses exigences s'accommodent fort bien dans les faits d'abus dont leur confort profite, on doit, pour coller à « la vérité, l'âpre vérité », constater que l'immaturité politique de l'Italie renvoie sinon aux calendes grecques, du moins à un avenir imprévisible, la réalisation des espérances pourtant fort raisonnables de Palla (*La... aura-t-elle jamais une chambre et un budget ?*). Les esprits ne sont pas mûrs. Que se serait-il passé si la révolution minuscule de Parme, dont Ferrante était le meneur, avait réussi ? Visiblement, Stendhal adhère au scénario tel que Mosca l'envisage : Parme eût été république pendant deux mois, avec le poète comme dictateur ; « les troupes fraternisaient avec le peuple, il y avait trois jours de massacre et d'incendie (car il faut cent ans à ce pays pour que la république n'y soit pas une absurdité), puis quinze jours de pillage, jusqu'à ce que deux ou trois régiments fournis par l'étranger fussent venus mettre le holà » (p. 409). On peut estimer que mieux vaut ne pas tenter l'aventure, dont les bénéfices ne sont pas évidents. On songe à la phrase d'Edgar Quinet : « Malheureux les peuples dont les révolutions sont conduites par des hommes de plume ! » Ferrante lui-même, après coup, en conviendra, avec une candeur *désarmante* (dans tous les sens du terme) : « comment faire une république sans républicains » (p. 415) ? Dont acte. Ne reste plus que l'exil yankee, où l'on a pertinemment proposé de voir une forme métaphorique de l'exil de Stendhal lui-même, une de ses façons de « différer les réponses », liée à la situation de l'écrivain sans statut, voué à un rôle de hors-la-loi, à un espace hors-lieu, dont on ne voit pas très bien quel avenir il pourra offrir [1].

Cette élimination en douceur de Palla vers une Mecque de la liberté dont rien ne dit

[1]. Marie-Rose Guinard-Corredor, « F. Palla et l'exil en Amérique », in « *La Chartreuse de Parme* » *revisitée*, Grenoble, Université Stendhal, 1991, p. 47.

qu'il y trouvera réalisé ce qu'il y cherche, laisse en suspens et désigne un point de fuite problématique. Il n'y a pas de place pour lui à Parme (et sans doute même en Amérique), et c'est justement parce que nulle part rien ne répond à son rêve qu'il est précieusement irréductible, et que s'il n'eût pas existé, il eût fallu l'inventer. Bizarre, forcément bizarre, mais non moins sublime, forcément sublime, à la mesure même de la bizarrerie et de la sublimité de l'idée républicaine dans l'Europe de Metternich. Un jour viendra, peut-être, où l'on aura besoin de F. Palla.

E. FINE MOUCHE

« La politique dans une œuvre littéraire, c'est un coup de pistolet au milieu d'un concert, quelque chose de grossier et auquel pourtant il n'est pas possible de refuser son attention » (p. 401). La politique est laide par définition, mais qu'on le veuille ou non, elle existe ; on y est plongé malgré soi ; et pour reprendre une formule connue, tout est politique, même le refus de la politique. *La Chartreuse de Parme* où, non sans condescendance, Vigny ne trouvait à sauver que quelques observations très fines sur la vie diplomatique[1], où Maurras trouvait un simple « manuel de coquinologie », est en réalité une œuvre de réflexion politique de première grandeur, dont la richesse s'incarne essentiellement dans le rôle de Mosca, présenté comme « le premier diplomate de l'Italie » (p.113) : avec ses lumières

---

1. *Journal d'un poète*, 8 juin 1839.

et ses ombres, son action doit donc être envisagée comme exprimant le meilleur de ce qu'il est possible de faire dans le paysage italien des années 1820. Nombre d'éléments indiquent à quel point Stendhal se projette dans ce ministre quinquagénaire, expérimenté, habile, qui a su, sous le caparaçon du personnage officiel, maintenir les droits d'une certaine « nouvelleté » d'âme (pour emprunter un terme à Péguy, qui semble exposer le dilemme de Mosca lorsqu'il dit : « Quand on a la fraîcheur, on n'a pas la compétence et quand on a la compétence on n'a plus la fraîcheur ») : lui qui a toute sa vie médité sur les ressorts du pouvoir, et tâché de déduire rationnellement les moyens par lesquels on peut connaître les hommes pour agir sur eux, nul doute qu'il n'ait imaginé en Mosca une figure plausible et attachante de ce qu'aurait pu être pour lui une carrière politique couronnée par des responsabilités véritables, au lieu de n'avoir qu'à tamponner des passeports dans un trou. Il y a, incontestablement, une sympathie fondamentale et un respect de Stendhal pour Mosca, quelles qu'en puissent être les nuances[1]. Si l'ordre du politique reste foncièrement décevant (pour ne pas dire plus, ou moins), Mosca en personnifie peut-être l'usage le plus acceptable.

Pour apprécier avec justesse sa trajectoire dans ce qu'elle a de paradoxal, il ne faut jamais oublier d'où il vient ; on doit d'ailleurs lui rendre cette justice qu'il ne s'en cache jamais, au moins auprès de ceux en qui il a confiance. Il se sert même de son passé pour conquérir l'intérêt de Gina. Il a précédé

---

1. Christopher W. Thompson, *Le Jeu de l'ordre et de la liberté dans « La Chartreuse de Parme »*, Aran, éditions du Grand Chêne, 1982, p. 24.

Fabrice auprès de Napoléon : il a fait amplement ses preuves de bravoure dans la difficile guerre d'Espagne (« avec nous », dit Gina ravie) ; il a cru à certaines valeurs désintéressées : « j'étais fou de la gloire ; une parole flatteuse du général français Gouvion-Saint-Cyr, qui nous commandait, était alors tout pour moi » (p. 107). On ne saurait donner trop d'importance à ces débuts, car toute la question que pose au fond Mosca est de savoir si on doit le considérer comme un renégat ayant opportunément retourné sa veste après la chute de l'Empereur, et troqué un noble idéal de libération internationaliste au bénéfice d'une juteuse *Realpolitik* locale, ou comme un analyste clairvoyant des changements survenus en Europe, choisissant hardiment de passer au service de l'ennemi d'hier pour sauver ce qui peut l'être de la cause vaincue et limiter les dégâts d'une obtuse réaction. La réponse ne va pas de soi, et c'est cette impossibilité même de voir Mosca tout en blanc ou tout en noir qui donne au personnage son épaisseur, fait de lui autre chose que le tenant d'une fonction monolithique (le-grand-homme-d'État).

Comment admettre qu'un soldat ayant eu le sens de l'honneur puisse s'abaisser aux dégradantes puérilités du palais parmesan ? N'est-ce là que le symptôme du pitoyable affaissement du moment historique : après les aigles, les oisons ? Est-ce la seule nécessité économique (il faut bien vivre…) qui pousse un homme de l'envergure de Mosca à s'engager si complètement dans un jeu aussi médiocre et aussi frelaté ? Il y a aussi, c'est incontestable, le plaisir du pouvoir en soi : la volupté de tirer les ficelles, sans parler de toutes les satisfactions annexes (train de vie, et toutes les femmes que l'on veut : Mosca, qui jette le mouchoir à qui lui plaît, se définit lui-même comme un « pacha tout-puissant », p. 114 ; il y a peut-être à Parme, sous-jacent, un fantasme oriental, un rêve de sérail). Mais ce serait mutiler, vulgariser Mosca que de le réduire à ces considérations assez banales. Il est cheville ouvrière et poutre maîtresse d'un système qu'il accepte d'une part, parce que c'est lui qui triomphe, qu'il est installé pour longtemps et que c'est poursuivre des coquecigrues comme F. Palla que de prétendre le renverser ; d'autre part, parce que, de l'intérieur même, si l'on parvient à en maîtriser à fond les rouages, il est possible à une éminence grise au doigté supérieur d'en désamorcer en douceur les nuisances les plus graves, de le rendre moins révoltant, de le faire servir à la tranquillité publique. Dirigé depuis la coulisse par un homme éclairé comme Mosca, l'absolutisme mitigé, émoussé, sans perdre sa nature profonde, devient supportable et s'il peut encore être envisagé comme le pire des régimes, c'est à l'exclusion de tous les autres possibles dans le moment.

Mosca est un homme totalement *désillusionné* : depuis toujours il voit le prince nu, mais aussi le peuple, mais aussi lui-même. Sa clairvoyance a quelque chose de tranquillement nietzschéen (si Nietzsche pouvait être tranquille), en ce sens qu'il est complètement et sans pitié, ni pour les autres ni pour soi, décapé de tous les empoissements idéalistes. Non pas qu'il ait honte de ce qu'il a fait avec Napoléon et pour lui, qu'il le ravale à une coupable bouffée d'enthousiasme juvénile, qu'il le vive sur le mode de l'égarement ; il n'en rabat rien, mais il a compris que ces temps sont durablement révolus. L'Histoire ne repasse pas les plats et, s'il faut survivre, il importe de se fonder sur une nouvelle éthique, forcément en berne par rapport à la précédente, mais qui tirera sa valeur de la pertinence de ses présupposés. Mosca *le cruel*, comme disent les libéraux (lesquels ne peuvent néanmoins s'empêcher de rendre hommage à ses talents, ce qui en dit long sur la difficulté qu'on éprouve à le classer), est d'abord cruel pour l'homme qu'il a été, l'homme qu'il reste en dépit de tout, et malgré les apparences, sous la poudre humiliante et idiote du courtisan. Il n'a pas de « vertu » au sens libéral du terme ; chercher le bonheur du plus grand nombre lui semble beaucoup moins évident que chercher avant tout le bonheur du comte Mosca (p. 284). Pas de cynisme véritablement chez lui, mais une vocation requérante à ne pas se payer de mots, à porter sur les êtres et les choses un regard aigu, pour les voir et les accepter tels qu'ils sont.

Soutenue jusque dans ses dernières implications, cette attitude *matter of fact* s'avère absolument ravageuse et dynamite tous les faux-semblants, lacère la morale-Potemkine dont les pouvoirs, quels qu'ils soient, camouflent leurs intérêts : « Le pouvoir absolu a cela de commode qu'il sanctifie tout aux yeux des peuples ; or, qu'est-ce qu'un ridicule que personne n'aperçoit ? Notre politique, pendant vingt ans, va consister à avoir peur des jacobins, et quelle peur ! Chaque année nous nous croirons à la veille de 93. Vous entendrez, j'espère, les phrases que je fais là-dessus à mes réceptions ! C'est beau ! Tout ce qui pourra diminuer un peu cette peur sera *souverainement moral* aux yeux des nobles et des dévots » (p. 118-119). Doit-on se scandaliser de ces propos (bien sûr réservés à l'intimité) ? Ou en saluer la rare franchise ? Pareil diagnostic sur la situation évacue d'un seul coup tous les faux problèmes et pose la seule question qui vaille : que peut-on faire, dans le concret, avec ce qu'on a, pour que ce qu'on vit soit malgré tout le moins malfaisant et le moins absurde possible ? C'est à cela qu'à travers les innombrables méandres du marigot parmesan, si pénibles, si dérisoires et parfois si honteux, s'attache Mosca, et il y a une certaine grandeur dans ce refus de la grandeur, assumé pour le rendre moins écœurant. Ce n'est certes pas à lui que Stendhal pourrait adresser le reproche qu'il réserve à Fabrice, qui trouve le réel plat et fangeux et n'aime pas à le regarder, tout en prétendant en raisonner (p. 164) : c'est parce que Mosca accepte ce qui est comme il est qu'il peut agir sur lui, non pour le transfigurer, ou le racheter, mais pour en adoucir les plus blessantes aspérités ; ce n'est pas beaucoup, mais ce n'est pas rien.

« Il vaut mieux tuer le diable que si le diable vous tue » (p. 180) : cette maxime cardinale, dont on ne sait, du prince ou de

Mosca, qui l'a empruntée à l'autre (p. 139), résume avec une simplicité biblique un principe d'autoconservation valable aussi bien pour les individus que pour les États ; toute la difficulté étant de concilier les réquisitions le plus souvent divergentes des uns et des autres. Il n'y a que des rapports de force, à scruter comme tels, loin de tout sentimentalisme, qui en politique est la sottise absolue. Il est sincèrement horrifié de la niaiserie de Fabrice, qui a refusé de tirer sur le valet au cheval maigre, sous prétexte qu'il chantait du Mercadante et qu'il était « si joli » avec son habit à l'anglaise (p. 183) ; c'est charmant autant qu'on voudra, mais c'est surtout complètement irresponsable. À la duchesse qui trouve qu'il prend les choses bien au tragique, il rétorque que l'Histoire est tragique (p. 181) : Gina pourtant devrait le savoir ; elle aussi, avec Pietranera, a *payé*. De même que Mosca n'est pas vraiment cynique, il n'est pas vraiment pessimiste : lorsqu'il professe qu'on a toujours tort de croire que les autres partagent les folies d'imagination qui nous hantent (Napoléon se rendant aux Anglais, qui ont bien dû rire de son évocation de Thémistocle !), et que « de tous temps les vils Sancho Pança l'emporteront à la longue sur les sublimes don Quichotte » (p. 182), ces axiomes *a priori* décourageants sont aussi des invites à ne pas abdiquer ce à quoi l'on croit, mais à tenir compte des résistances et des opacités qui en contrarient l'expression. C'est en collaborant avec la réalité, non en la niant ou en la contrant de front, qu'on peut espérer l'améliorer. Tout le reste est faiblesse et bêtise.

Ce relativisme, où l'on peut voir à son gré scepticisme ou sagesse, résignation ou pondération, inspire toute la conduite de Mosca, qui se prête à deux lectures (on a pu parler à son propos de vie « dédoublée et moralement dissymétrique »)[1]. D'un côté, il participe pleinement aux magouilles les moins ragoûtantes qui font l'ordinaire de la cour de Parme : quand il y trouve son intérêt, il procède à des nominations scandaleuses ou à de honteux trafics de décorations (p. 183 et 291) ; il vole dans la caisse, comme tout le monde, parce qu'il n'y a que l'argent de vrai là où tout dépend d'une faveur qui peut se dérober à chaque instant (p. 410) ; il trouve tout à fait normal que la justice soit à la botte du pouvoir (p. 180) ; il utilise sans vergogne le chantage à la tour Farnèse pour intimider les indiscrets (p. 154), il y coffre la Fausta, « petite injustice » fort « amusante », au moins pour lui (p. 236) ; il envisage froidement de liquider Rassi (p. 428), etc. Il semble surtout jeter le masque pendant la révolution avortée : révulsé par « les sottises ignobles des jacobins » (Pléiade, p. 1409), il prend la tête de la résistance, dont il assure brillamment la victoire, mais au prix de quel violent paradoxe : c'est justement parce que c'est un ancien de l'Empereur qu'il se montre capable de mater les insurgés, alors que le commandant de la garde qui, par dévouement pour ses maîtres légitimes, n'avait jamais voulu servir l'usurpateur, se révèle absolument nul et doit être chassé à

[1] C.W. Thompson, *op. cit.*, p. 145.

coups de pied (p. 402) ! Quelle ironie dans ce retournement, dont on se demande s'il faut plaindre ou féliciter Mosca, lequel, en reconnaissance de ses exploits pour avoir défendu de la république la ville dont le prince est un enfant, recevra... un grand cordon espagnol (p. 465) : Napoléon, *ubi es* ?

Le plus admirable, au sens étymologique, est la façon dont on néantise ensuite les événements : la gazette qui imprime la vérité officielle annonce que Barbone, lynché par la foule furieuse, « est mort d'une chute de voiture » ; les victimes (plus de soixante) mitraillées par Mosca sont « en voyage » (p. 406), et si jamais leurs familles s'avisaient de contester cette version, elles savent ce qui les attend : à la trappe, c'est-à-dire à la tour. Mosca en agit exactement comme dans ces régimes totalitaires où des spécialistes de la retouche, prévus par Orwell, sont chargés de faire disparaître sur les photographies et documents tel ou tel dirigeant tombé en disgrâce : ceci n'a pas eu lieu, cet homme n'a pas existé. Si le réel a tort, l'idéologie se charge de le rectifier. Ainsi, pour les historiens futurs, Mosca n'aura pas fait couler le sang. Bien entendu, Mosca n'est ni Staline ni même Thiers ; il préfère les absurdités de son journal à un seul pendu (p. 135) ; il n'empêche : son journal ment, et il a du sang sur les mains. « Les sottises de sang ne se réparent pas » (p. 136). Sans doute. Les jacobins, « il faut en pendre dix mille ou pas un : la Saint-Barthélemy a détruit les protestants en France » (p. 425) : certes. Les victimes de Parme sont les éternels et inévitables œufs de l'omelette politique, une sorte de minimum de pertes incompressible, destinées à en éviter de plus grandes. Mosca assume la part de répression inhérente à toute organisation de la cité, « à la raison lorsque celle-ci se décide à mettre de l'ordre dans la vie[1] ». Il y a du Créon en lui ; il accepte de se salir les mains pour que la communauté puisse continuer, et c'est à lui bien plus qu'à F. Palla que le peuple sera redevable d'un sort qui, à tout prendre, est sans doute préférable à celui que lui préparent, pour son bien (?), les rêveries d'un généreux exalté.

En badinant, Gina dit un jour à Mosca quelque chose qui va loin : au fond, il est « un monstre sans s'en douter » (p. 110). Un monstre froid, puisque solidaire de la raison d'État, mais que réchauffent, Dieu merci, des retours de flamme, tous liés à son amour pour la duchesse. Son pragmatisme implacable se trouve déréglé par la passion comme une boussole par un orage magnétique : cet homme si calculateur devient alors littéralement capable de tout. Il lui sera beaucoup pardonné pour son attitude lors de l'évasion de Fabrice : pour le sauver, il est prêt à se battre, aidé d'amis intimes, officiers napoléoniens en demi-solde ; Mosca montre ici que, malgré les apparences, il n'a pas tué sa jeunesse : « Me voici en haute trahison ! se disait-il ivre de joie » (p. 380). À sa manière, il est aussi inconséquent que Ferrante : mais cette distance de soi à soi fait son éloge. Reste malgré tout chez ce personnage, en qui l'on a pu voir une figure apollinienne[2] ordonnançant la turbulence archaïque des pulsions,

---

1. *Ibid.*, p. 144.

2. Cf. l'ouvrage de Michael Nerlich, *Apollon et Dionysos ou la Science incertaine des signes*, Marburg, Hitzeroth, 1989.

introduisant l'intelligibilité et l'équilibre dans la violence sauvage des affrontements primitifs, bref transformant le chaos en « cosmos », comme un dieu (ou comme un romancier), et qui, à certains égards, apparaît bien en définitive comme « le plus mystérieux de *La Chartreuse de Parme*[1] », quelque chose d'insatisfaisant et qui le laisse finalement en retrait, en marge des enjeux essentiels — alors même que, politiquement, il est comme Louis XI, « la grande araigne », au centre de la toile

Justement, n'est-ce pas parce que, malgré la présence à ses côtés de Gina, il reste en définitive incapable de s'abstraire de l'ordre du politique, qu'il lui manque une dimension, la plus précieuse sans doute, et qu'il ne communique pas profondément, ontologiquement, avec le trio des protagonistes ? Mosca n'aperçoit partout que politique ; il n'interprète la retraite de Fabrice désespéré de ne plus voir Clélia que comme « le chef-d'œuvre de la plus fine politique » (p. 454) ; il n'en sort pas, et il a beau affecter de la mépriser, brandir sans cesse la perspective de sa démission, il reste à son poste dont il ne peut se passer. Élément vital, ou drogue, la politique, qu'il pratique comme un jeu dont il n'est pas dupe et auquel il prétend pouvoir renoncer en un clin d'œil, est devenue chez lui une seconde nature, comme le montre assez l'épisode des « mots oubliés » qui auraient permis de tirer un trait définitif sur les malheurs de Fabrice, et qu'il n'a omis — par un « lapsus » parfaitement compris du prince, qui l'en remercie d'un coup d'œil

[1] Ginette Ferrier, « Sur un personnage de *La Chartreuse de Parme* : le comte Mosca », *Stendhal Club*, n° 49, 15 octobre 1970, p. 39.

significatif : nous sommes bien toi et moi du même monde, et complémentaires sinon complices (p. 251) — que parce que, en courtisan consommé, il a voulu rattraper autant que faire se pouvait l'incroyable transgression de la duchesse (p. 289). On peut aussi, naturellement, attribuer à cet acte manqué des motivations d'ordre psychanalytique : désir subconscient de tuer celui qui lui dispute Gina, mais Stendhal l'impute explicitement à une sorte de réflexe conditionné de l'animal politique intoxiqué, inapte à s'évader d'un certain cadre dont, malgré quelques échappées privatives, il s'est volontairement, et au fond voluptueusement, constitué prisonnier. Il a fini par aimer pour elle-même cette machinerie si délicate qu'il a réussi à monter à Parme[1]. Pour le meilleur et pour le pire, il est ministre dans l'âme ; et Gina, qui a pu trouver un moment amusant d'être quasi ministresse, voit les choses sans complaisance lorsqu'elle affirme : « pour rien au monde je ne me chargerais d'amuser un ministre qui a perdu son portefeuille, c'est une maladie dont on ne guérit qu'à la mort, et... qui fait mourir. Quel malheur ce serait d'être ministre jeune ! » (p. 252). Il y a là un pénible oxymore. Mosca n'est plus jeune, il tente de se rajeunir au contact de son amie (il aime en elle justement ce qu'il n'a pas, p. 111), et c'est bien différent. Et Gina en arrive, sous le coup de l'emprisonnement de Fabrice, qui révèle les âmes, à se dire que son compagnonnage avec Mosca est sans doute une erreur de distribution : « Le pauvre homme ! il n'est point méchant, au

---

1. C. W. Thompson, *op. cit.*, p. 163.

contraire ; il n'est que faible. Cette âme vulgaire n'est point à la hauteur des nôtres » (p. 280).

C'est dur, mais ce n'est pas faux. Preuve en sera donnée à la fin du roman : tout le monde meurt d'amour, seul Mosca reste imperturbable, increvable — hélas ! Cette survie apparaît comme la plus féroce des sanctions, comme si Mosca devait rester jusqu'au bout excepté d'une région sublime où les trois autres trouvent leur épanouissement spontané, mais où il n'a pas sa place, où il n'est pas *attendu*. Fabrice a beau ne pas lui marchander son admiration sur le tard et depuis qu'il a mesuré la méchanceté humaine (p. 468), il y a chez ce *Pater Politicus Optimus* un déficit qui tient à la nature même de son activité : s'il est vraiment le meilleur politicien imaginable, c'est que la politique *en soi* ne peut répondre aux attentes du cœur. C'est d'ailleurs ce que disent peu ou prou, et chacun à sa manière, tous les romans de Stendhal : la politique y est traversée de part en part, mais toujours pour être en fin de compte invalidée comme source de Sens. C'est d'autant plus remarquable dans une œuvre « désaigrie » comme la *Chartreuse*, où est sensible un effort de réconciliation et de synthèse[1] : même globalement positive (à condition de ne pas être trop regardant, et de gommer maint « détail »...), la politique n'est pas une raison de vivre. Que Mosca continue seul de vivre et d'en vivre, dans tous les sens du terme, y compris financièrement, est un de ces triomphes dont on ne se relève pas.

1. *Ibid.*, p. 21 et 31).

F. LA FIN DE L'HISTOIRE

Stendhal s'est plaint d'avoir dû « bouler » — comme dit Gracq — la fin de son roman sous la pression de l'éditeur (qui le trouvait bien assez long comme cela), et souhaitait une réédition augmentée, où il aurait pu, donnant aux derniers événements tout le développement qu'ils méritent, éviter cette impression d'« euthanasie littéraire » dont parle Jean Prévost[1].Certains critiques ont apprécié cette précipitation comme un effet de l'art, la chaîne de foudroyantes catastrophes venant superbement, abruptement clore le récit. L'explicit, en tout cas, laisse perplexe : « Les prisons de Parme étaient vides, le comte immensément riche, Ernest V adoré de ses sujets qui comparaient son gouvernement à celui des grands-ducs de Toscane » (p. 489). Il n'en reste qu'un, ou plutôt il en reste deux, épanouis au milieu des cadavres (Sandrino, Clélia, Fabrice, Gina), et tout semble aller pour le mieux dans la meilleure des Parme possibles. Certains lecteurs candides ou pressés pourraient s'y laisser prendre, et croire à une apothéose finale, quasi féerique : au conte de l'incipit répondrait ainsi, à l'autre extrémité de la grande arche romanesque, un écho de même ton. On s'aperçoit en fait que cette pseudo *happy end* est tout le contraire de ce qu'espèrent les *happy few*. Que les prisons soient vides, on s'en réjouit certes, mais aussi on est tenté de le déplorer : après tout, n'est-ce pas parce que la tour Farnèse avait des clients que Fabrice et Clélia ont pu s'aimer ? Que Mosca

[1]. *La Création chez Stendhal,* Le Mercure de France, 1951, p. 363.

ait adroitement fait sa pelote, on en est content pour lui et il n'y a rien de scandaleux à cela, mais l'insistance sur cette fortune a quelque chose d'inutile ou de déplaisant dans un monde où l'argent n'a jamais été envisagé comme signification en soi.

Certains interprètes ont accusé la *Chartreuse*, surtout si on la compare au *Rouge et le Noir*, d'avoir abandonné le terrain de l'auscultation économico-sociale. Selon J. Gracq, l'argent n'y joue « aucun rôle », et les rapports sociaux entre riches et pauvres y « sont traités à peu près comme ceux des rois et des bergères dans le roman pastoral[1] », ce qui rejoint M. Bardèche, évoquant *L'Astrée* et « les bergers du Lignon[2] ». Pour Pierre Barbéris, le roman est suspect, parce que c'est celui d'une « certaine déproblématisation du monde. Là où les trois romans précédents passaient les structures sociales à l'acide, la *Chartreuse* passe de l'eau claire. Ce n'est plus un décapage, c'est un rinçage. Tendresse, amour, grâce, oui. Mais pas assez d'un temps et d'un pays dans leur dureté. Miracle de l'imaginaire. Oui. Mais parce qu'il n'y a plus que l'imaginaire[3] ». Et de conclure en conseillant, pour se remettre en veine de réel, de retourner voir du côté de *Madame Bovary* ! D'autres[4] ont vu dans la *Chartreuse* un « grand roman de l'argent » : à première vue, il remplit une fonction normative de type négatif et semble devoir être considéré comme une antivaleur, mais c'est également un élément dynamique, car il alimente et entretient le feu des passions, transmute la réalité sordide en jouissances de toute nature.

1. *Op. cit.*, p. 24.
2. *Op. cit.*, p. 409.
3. *Sur Stendhal*, Éditions sociales, 1983, p. 170.
4. Cf. Roger Francillon, « Mais où donc ont passé les millions de la Sanseverina ? Réflexions sur le rôle de l'argent dans *La Chartreuse de Parme* », in *Études de lettres*, Faculté des lettres de Lausanne, 1984, n° 3.

Dans la *Chartreuse*, l'argent circule, on le jette à pleines mains justement parce qu'il n'est rien par lui-même, et l'on accepte gaiement la perspective d'en manquer : l'essentiel n'est pas là. L'argent s'est amassé dans les coffres de Mosca : mais pour qui ? Pour quoi ? Est-ce un lot de consolation de l'avoir, pour panser les blessures de l'être ? Il y a quelque chose de désolé dans cette réussite pécuniaire qui ne saurait rien racheter des échecs intimes, et du plus décisif de tous : la mort de ce qu'on a aimé. Quant au gouvernement « adorable » d'Ernest V, comparé à celui des grands-ducs de Toscane donné pour étalon suprême, on se permettra de hasarder quelques doutes : nous savons par *Rome, Naples et Florence* qu'aux yeux de Stendhal ce dernier est le type même du « gouvernement assoupissant » ; plus chloroformés que jamais, les cœurs ne voient « pas de différence entre le droit d'être libre et la tolérance dont ils jouissent sous un prince [1] ». Bref, Ernest V et Mosca, c'est à peu près Louis-Philippe et Guizot : les *Mémoires d'un touriste* ont déjà constaté que partout en France, désormais, il n'y a plus d'abus choquants et l'on gagne de l'argent paisiblement — on peut, au passage, estimer à son juste poids d'ironie le patelin Avertissement : « aucune allusion aux choses de 1839 » (p. 19) ! Bien entendu, pareille situation, qui peut paraître un minimum exigible, ne va pas de soi, et il ne s'agit pas de la disqualifier par principe, mais de mesurer à quoi l'on renonce pour en jouir. Les tensions sont calmées, chacun prospère dans une anesthésie intellectuelle, morale et esthétique généralisée. Songeons que c'est dès 1786 qu'avec beaucoup de flair les princes de Parme ont fait passer leurs lingots à l'étranger (Pléiade, p. 1403), comme le font aujourd'hui les dic-

1. *Voyages en Italie*, Pléiade, p. 494.

tateurs de droite et de gauche. Mais aujourd'hui, à Parme, à Paris, il n'y a plus de révolution à craindre, on peut garder ses capitaux chez soi. Pas d'horizon autre qu'une tranquille et rentable gestion et c'est cela désormais qu'on décore du beau nom, ici bien décati, de « politique ».

Zola ne voit ni génie ni grandeur chez Mosca : « comme politique, il ne fait rien[1] ». On peut trouver au contraire qu'il fait beaucoup, en ce sens que sans lui tout serait bien pire, mais plus profondément, il est bien vrai que Mosca n'est pas Cavour, il n'a pas de « grands desseins », de « vision », d'« œuvre », il se borne — si l'on peut dire, car il y faut infiniment de doigté — à entretenir la balance entre sollicitations antagonistes, en pondérant tout acte politique « par toutes les bonnes raisons d'embrasser un parti contraire[2] ». Dès lors, on peut bien dire : « Il n'y a plus une once d'histoire dans la *Chartreuse*. Paradoxalement, il n'y a plus que du politique [...]. Dans la *Chartreuse*, la démystification de son panache libère l'essence du politique[3]. » Et l'on mesure l'écart entre le dénuement généreux et générateur de Robert au début et l'automne opulent mais vide du patriarche à la fin, « l'écho ironique entre la première page et la dernière, en faisant répondre à la conquête d'une ville par Napoléon, conquête à peu près sans lendemain, la prise d'une autre ville, moins brillante mais plus durable, par Mosca, ancien soldat de l'empereur[4] ». Loin de nouer la boucle, *La Chartreuse de Parme* n'a cessé de s'éloigner

1. É. Talbot, *op. cit.*, p. 259.

2. M. Guérin, *op. cit.*, p. 225.

3. *Ibid.*, p. 159.

4. C. W. Thompson, *op. cit.*, p. 71.

de son incipit ; elle s'est même construite contre lui[1]. Parme, cité idéale, revenue à l'âge d'*or* ? Mais l'Arcadie ignorait les banques, que l'on sache. Dans sa lecture mythologique, M. Nerlich voit à la fin de la *Chartreuse* la disparition d'Éros, de Psyché et d'Aphrodite, disparition qui fait que la société qui leur survit « ne sera plus qu'un arrangement des forces sans élan vital : sans conflits, certes, mais aussi sans tension productive entre les forces chtoniennes et les forces olympiennes[2] ». Ce n'est guère stimulant. Certains historiens contemporains assurent que nous vivons aujourd'hui « la fin de l'Histoire » : le modèle de l'économie libérale ayant partout triomphé dans les nations développées, il n'y a plus rien d'autre à attendre, nous avons atteint le port. C'est à ce salut qui ressemble à un enterrement qu'est parvenue Parme, immobile et « heureuse », s'il est vrai qu'une des questions posées par le roman est bien : « comment trouver le bonheur après le congrès de Vienne[3] ? ». Aucun avenir n'est pensable, que la prolongation de ce point d'orgue. Seul un regard excessivement irénique peut juger que le quatuor des morts finales passe inaperçu, et que ne reste plus qu'une nostalgie souriante, sous l'égide d'un dieu bienveillant[4]. Que d'absences impossibles à combler, que d'illusions évanouies ! Le public et le privé sont en deuil, un deuil qui se confond avec le cours des choses. Parme est sereine — de la sérénité inévitable des cimetières.

---

[1]. Cf. notre article, « Stendhal n'a jamais appris à écrire ou l'incipit », in « *La Chartreuse de Parme* » *revisitée, op. cit.*

[2]. « Le livre du monde, le néant et l'impératif catégorique », *ibid.*, p. 145.

[3]. M. Bardèche, *op. cit.*, p. 361.

[4]. G. Ferrier, *op. cit.*, p. 43.

III — LE LABYRINTHE DU MOI

La Chartreuse de Parme ressortit-elle au genre du *Bildungsroman* (roman de formation, d'apprentissage) ? La réponse ne va pas de soi, dans la mesure où la structure de l'œuvre n'est pas clairement organisée autour d'une figure de protagoniste indiscutable.

Balzac regrette que d'autres personnages, comme Gina ou Mosca, « priment » Fabrice[1]. Est-ce même un roman ? Selon Sainte-Beuve, c'était plutôt « des Mémoires sur la vie de Fabrice et de sa tante[2] ». Dans l'Avertissement, Stendhal annonce « l'histoire de la duchesse Sanseverina » (p. 19) ; mais à Balzac il demande : « N'est-ce pas la vie de Fabrice qu'on écrit[3] ? » Oui et non : c'est bien toujours peu ou prou de lui qu'il s'agit, mais il est saisi dans une trame de relations étroites avec des « actants » aussi importants que lui, et qui tour à tour occupent le devant de la scène ; l'action n'est pas « tyranniquement installée dans l'exclusif sillon » du Monsignore[4]. Roman sans véritable centre, la *Chartreuse* se présente en fait comme une « suite de larges anneaux entrecroisés[5] ». Il n'est pas illégitime néanmoins de prendre le destin de Fabrice pour fil sinon rouge (il ne sera pas cardinal), du moins violet — couleur épiscopale et parmesane —, pour s'orienter dans les détours d'une action que, sans la mutiler, on peut rassembler autour de la trajectoire d'un héros en quête de son accomplissement. À travers nombre

---

1. R. Stéphane, *op. cit.*, p. 90.

2. É. Talbot, *op. cit.*, p. 166. Article du *Moniteur*, 2 et 9 janvier 1854.

3. Lettre, *loc. cit.*, p. 339.

4. Georges Blin, *Stendhal et les problèmes du roman*, Corti, 1954, p. 162.

5. C. W. Thompson, *op. cit.*, p. 75.

de péripéties, de fausses manœuvres, de tentations, d'illusions, Fabrice del Dongo s'approche de soi et finit par se trouver. Après quoi, il ne tarde pas à disparaître, car dans la littérature en général et chez Stendhal en particulier, il n'y a plus rien à dire lorsque le but est atteint : seul le manque est matière de langage, et la plénitude se dissout dans le silence.

A. PÉDAGOGIE DE LA DÉBÂCLE

L'épisode de Waterloo a suscité des réactions diverses. Écrit peut-être pour amuser deux gamines (les petites Montijo), et presque selon un cliché à la Béranger (« parlez-nous de lui, grand'père, parlez-nous de lui ! »), il a découragé l'admiratif Balzac de lutter avec lui dans une « scène de la vie militaire », et très tôt on en a salué l'originalité technique : Auguste Bussière le premier exprime parfaitement — et l'on n'y ajoutera guère plus tard — la « vérité aussi neuve que frappante » de la bataille, où ne s'aperçoit du danger « que ce que le personnage peut en voir lui-même », et il l'oppose aux « enluminures qui servent de tapisserie aux cafés militaires de la province » avec « de longues lignes de troupes bien rangées et un bel empereur au milieu [1] ». *In nuce*, on a déjà là tout ce que la critique ultérieure (en particulier G. Blin) affinera sur les « restrictions de champ », la déconstruction par un point de vue centrifuge et purement phénoménologique, etc., bref, ce qu'on pourrait

---

1. É. Talbot, *op. cit.*, p. 101.

appeler le style « cubiste » du Waterloo de la *Chartreuse*, collage de perceptions isolées et ininterprétables, de séquences narratives sans liant entre elles, d'expériences *a priori* incohérentes, vécues dans une spatialité et une temporalité éclatées, à la recherche d'un noyau introuvable qui les rassemblerait en une unité intelligible. Fabrice a l'impression que ce qui lui arrive va dans toutes les directions à la fois et ne « prend » pas : il manque un élément central, fédérateur, condensateur, qui donne à ces bribes disparates la dignité et l'homogénéité d'un sens. Cet élément, ce ne pourrait être bien évidemment que la figure de l'Empereur : il passe devant Fabrice, qui bien que regardant « de tous ses yeux », « ne vit que des généraux qui galopaient, suivis, eux aussi, d'une escorte. Les longues crinières pendantes que portaient à leurs casques les dragons de la suite l'empêchèrent de distinguer les figures » (p. 63). C'est devenu un exercice scolastique que de comparer cette vue de Waterloo, pulvérisée et finalement abstraite (malgré l'abondance des notations concrètes, mais appréhendées sans distance et donc hors contexte, ce qui paradoxalement les déréalise), au même Waterloo, pourtant méconnaissable, des *Misérables*, où tout ce que Stendhal s'évertue à disjoindre, à morceler, à diffracter est réuni en une totalité glorieuse par le regard souverainement surplombant et récapitulateur d'un Hugo Pantocrator. Tout le monde est donc d'accord pour saluer l'originalité de quelqu'un qui casse le modèle traditionnel de l'affrontement homérique, peut-être parce qu'à Bautzen il s'était rendu compte par lui-même que ce qu'on voit d'une bataille, c'est littéralement... rien [1]. Dans le brouillage de la silhouette insaisissable de Napoléon se creuse une absence fondatrice, une sorte de trou aspirant dans lequel tombe Fabrice, et qui l'empêche de constituer Waterloo comme socle plein sur quoi opérer, au moins dans l'immédiat, ce qui passe pour l'acte philosophique par excellence : la transformation de l'événement en expérience. D'où ses doutes récurrents : est-ce bien là une bataille ? Les ballottements qu'il éprouve ne répondent pas aux schémas préétablis, on ne peut pas les étiqueter, les nommer. Cette dissolution des critères de la représentation lui fait subir une débâcle intérieure pire que la débandade militaire, le plonge dans un brouillard existentiel. En art, on le sait bien, tous les partis techniques renvoient à une prise de position « métaphysique » (on n'a pas fini de méditer l'adage de Rossellini selon lequel le travelling est question de morale). La fragmentation adoptée par un stylo-caméra filmant les morceaux de réalité saisis dans la non-signification brute de leur émergence au ras du sol est avant tout enregistrement d'une crise profonde du rapport de l'être au monde et à soi. Cette vue « en perspective » de la bataille (p. 573), « postérieure [2] », bouleverse toutes les proportions convenues et ruine l'image qu'on attendait des autres et du moi.

Dès lors, on peut s'interroger sur la pertinence des griefs que certains maintiennent

[1] *Journal*, 21 mai 1813.

[2] *Journal*, 2 septembre 1838.

contre cet épisode. De Zola, qui assure qu'il « ne tient en rien au roman[1] », à Gracq, selon qui il est peu soudé au reste et ne constitue qu'un hors-d'œuvre, « au meilleur sens du mot : apéritif et gastronomique[2] », d'aucuns s'obstinent à le détacher du corps de la *Chartreuse*, à y voir on n'ose dire : « un morceau de bravoure », car il ne saurait l'être que par antiphrase, mais une digression autonome, tenant sa nécessité bien plus du plaisir que Stendhal a pris à l'écrire, que de l'économie interne de l'œuvre en général. On se permettra ici de n'en rien croire, et de postuler que rien de ce qui surviendra par la suite, tant dans les enjeux collectifs que privés, ne peut être compris sans cette liquidation inaugurale qui instaure un nouvel ordre en Europe et ne cessera plus de hanter les consciences. Tout ce que Fabrice va vouloir faire et être s'enracine dans l'échec impérial et ce que lui a appris la défaite.

Son départ de Grianta, sur un coup de tête, mêle indistinctement les hautes motivations patriotiques (l'Italie esclave, etc.) et les bons sentiments familiaux (Napoléon aimait tant mon oncle). Mais il ne s'agit guère d'autre chose au fond que de continuer, sur une plus grande échelle, et pour de vrai, les exploits de chef des polissons du lac (son côté « pirate de San Francisco ») ; en somme, en finir de manière éclatante avec les enfantillages, mais par le plus grand des enfantillages (offrir au grand homme le secours de son faible bras). D'autre part, on ne peut qu'être frappé par l'erreur d'aiguillage initiale : c'est Bonaparte que Fabrice veut

1. É. Talbot, *op. cit.*, p. 68.

2. *Op. cit.*, p. 68.

rejoindre, et non Napoléon ; touchante et même sublime, sa tentative tombe à côté[1] ; il fonce tête baissée dans un cul-de-sac, volant au secours de quelqu'un qui depuis dix ans n'existe plus. Cela dit, son geste en apparence raté est, en profondeur, tout à fait réussi parce que en effet, à Waterloo, se joue l'acte final d'un drame historique majeur : malgré toutes les défigurations postérieures dont elle a été la victime, c'est bien la liberté de 1796 que 1815 va enterrer. En ce sens, cette deuxième « ouverture » du roman est aussi indispensable que la première, qu'elle rature, et c'est bien leur superposition en palimpseste qui va déterminer non seulement le destin de Fabrice, mais celui de son pays. Qu'il rencontre sur le terrain, sans le savoir, son père biologique a valeur de symbole puissant : ce rendez-vous avec l'Histoire est aussi un rendez-vous avec soi ; comment pourrait-il en aller autrement pour un être qui doit sa naissance à la gésine enthousiaste d'un Temps révolutionné ? Fabrice *devait* être là, au moment où s'éclipse la grande espérance, déjà bien écornée, qui lui a donné la vie.

Fabrice s'avance, au milieu du théâtre de signes épars, erratiques, énigmatiques, que lui présente Waterloo. Le caractère initiatique du scénario a été maintes fois relevé.

Dans son ouvrage *Apollon et Dionysos ou la Science incertaine des signes*, Michael Nerlich analyse minutieusement l'épisode de Waterloo comme la transposition moderne d'une initiation orphique, et rapproche maint détail de ce que l'on peut savoir des

[1] Michael Wood, « *La Chartreuse de Parme* et le Sphinx », *Stendhal Club*, n° 78, 15 janvier 1978, p. 163.

mystères d'Éleusis. Fabrice reçoit le passeport d'un mort parce que son identité doit s'éteindre avant de ressusciter autre, à la vie véritable. Comme à Éleusis, il reçoit la révélation des quatre éléments, et assiste au coït sacré du Ciel et de la Terre, à l'apocalypse (révélation) du néant. Finalement, sous la conduite de plusieurs hiérophantes, il parvient au degré suprême de l'initiation, à la vision du grand secret de la vie et de la mort, qui permet de surmonter la crainte de périr : Zeus n'est rien sauf notre volonté d'agir, de combattre la destruction, de créer de l'ordre dans le chaos et de donner un sens à l'existence. Il peut alors déchiffrer les choses, et ce n'est pas un hasard si Stendhal précise que c'est seulement après Waterloo que Fabrice se met enfin à *lire*.

Ce que Fabrice découvre à Waterloo, c'est le grand jeu de l'être et du non-être : il a froid, il a faim, il est seul, on le vole, il a peur, il tue, il goûte jusqu'à la lie la lâcheté, l'égoïsme et la brutalité, il rencontre aussi la solidarité, le désintéressement, l'héroïsme immédiat et sans emphase. Le meilleur et le pire de l'humain. Au long de sa « route des Flandres », il abandonne un certain nombre de fantasmes livresques (d'un certain point de vue, Waterloo, c'est aussi l'effondrement de la Bibliothèque. La retraite de Russie a appris au faiseur de livres que les livres ne *tiennent* pas devant le traumatisme de certaines expériences fondamentales), il désapprend et il apprend : seconde naissance (il y en aura une troisième, définitive, par Clélia : heureux ceux qui naissent plusieurs fois avant de mourir !) ; il devient « comme un autre homme » (p. 89). Notons en passant qu'à Waterloo Fabrice doit aussi, parmi tant d'autres épiphanies décisives, celle de la sexualité (la geôlière, Aniken). En somme, dans la douleur et l'épreuve, il a reçu le précieux viatique de tout ce avec quoi il est indispensable d'avoir fait connaissance avant d'entrer en scène, il a tutoyé les grands mots, vu de près ce qu'ils recouvrent, testé, sur lui et sur les autres, de quoi est capable l'animal. Même s'il se cramponne encore à quelques lambeaux de ses rêves, le pied tendre a commencé à comprendre. À lui de jouer désormais.

Malheureusement, avec la chute de Napoléon, l'un de ses grands rôles possibles s'évapore. Plusieurs fois, il lui réaffirmera avec passion sa fidélité au-delà de la mort (p. 217) ; il le pleure toujours et se jetterait pour lui dans un gouffre (Pléiade, p. 1416), mais l'intéressé n'est plus là, et cette loyauté à l'égard d'un fantôme n'a guère d'application concrète. Figure mythique, Napoléon devient une sorte de talisman, de pierre de touche, servant à séparer le bon grain de ceux qui « en sont » (de la fratrie minoritaire des Ardents) de ceux qui « n'en sont pas » (la clique très majoritaire des Éteints). Dorénavant, même si elle ne renonce pas à lui, comme elle se chargera de le lui faire savoir[1], Fabrice renonce à la politique ; depuis la mise hors jeu de l'Empereur, on dirait qu'elle l'inintéresse. Si jeune encore, le voilà « comme opéré [...] d'une des dimensions de sa vie », « étrange retraité adolescent de la grandeur[2] ». Mais c'est toute une époque qui *fait valoir ses droits à la retraite*. Ils ne lui seront pas marchandés. Avoir vingt ans en 1815, ce n'est certes pas le plus bel âge de la vie.

1. M. Guérin, *op. cit.*, p. 150.

2. J. Gracq, *op. cit.*, p. 54-55.

B. UN HOMME SANS QUALITÉS ?

Exit donc l'épopée, dont le retour — même si, comme le disait de Gaulle, « l'avenir dure longtemps… » — n'apparaît pas pour demain. L'Europe entre en couvre-feu. Historiquement, une page est tournée ; littérairement aussi. Le sublime de l'héroïsme collectif se dégrade en pathétique individuel ; un nouveau sublime, spécifiquement romanesque, s'élaborera sur les ruines de l'ancien[1], autour de Fabrice, héros quand même, mais héros autrement. On a révoqué en doute sa capacité à endosser le statut de héros. Balzac trouve qu'il lui manque « une grande pensée », « un sentiment » qui le rende « supérieur aux gens de génie qui l'entourent[2] ». Pour Sainte-Beuve, Fabrice est un triste sire : « si peu digne d'intérêt, si peu formé pour l'honneur, et si prêt à tout faire, même à assassiner, pour son utilité du moment et sa passion[3] ».

1. Serge Serodes, « Un aspect du sublime romantique. Le sublime dans *La Chartreuse de Parme* », *Stendhal Club*, n° 52, 15 juillet 1971, p. 298.

2. R. Stéphane, *op. cit.*, p. 90.

3. É. Talbot, *op. cit*, p. 167.

La réaction du chassieux Sainte-Beuve (qui, rappelons-le, distillait des potins au curare selon lesquels Stendhal aurait *payé* Balzac pour l'article de *La Revue parisienne* !…) fait irrésistiblement songer à celle du vieil écrivain Shunsuké devant la resplendissante beauté du jeune Yûichi : « Il riait en fouillant dans tous les défauts de Yûichi : son immaturité, ses façons de séducteur, son égoïsme, son orgueil insupportable, sa sincérité convulsive, sa candeur capricieuse, ses larmes, mais ce faisant, il s'apercevait que sa propre jeunesse n'avait connu aucune de ces caractéristiques et cela faisait naître en lui une cuisante jalousie.[4] »

4. Yukio Mishima, *Les Amours interdites*, Gallimard, Folio, p. 251.

Fabrice est trop avantagé de corps et d'âme (c'est le *kaloskagathos* des anciens Grecs : l'éphèbe beau et doué) pour ne pas susciter l'ire des grincheux, comme à Parme : « la cour ainsi que le public étaient *piqués* contre Fabrice et ravis de lui voir arriver malheur ; il avait été trop heureux » (p. 303). On n'absout guère les autres d'être nés pour le bonheur. Pour toutes sortes de raisons, *La Chartreuse de Parme* n'est pas un roman démocratique, ne fût-ce que pour celle-ci : elle met en scène des êtres jeunes, gracieux, riches, tendres et faits pour jouir, qui ne traînent pas ces dons comme un insupportable fardeau de malédiction, ne se consacrent pas à les expier, et n'ont pas le sentiment, parce qu'ils les ont reçus, de faire injustice à autrui. Ils sont ce qu'ils sont et acceptent avec un parfait naturel leur charisme matériel et moral. Né avec une cuiller d'or dans la bouche, Fabrice est insupportable et, devant ses avanies, certains ne peuvent se défendre d'une certaine *Schadenfreude* (jouissance du malheur d'autrui) : c'est bien fait ! Il était trop gâté, à la fin.

Il y a donc comme un petit air de revanche lorsqu'on observe à quel point, sur tant de plans, ce personnage comblé est aussi foncièrement déficient. Chez lui, le *trop* (trop de jeunesse, de beauté, d'argent, de chance, de désir) ne semblerait paradoxalement que l'écume d'un *trop peu* (trop peu d'idées, de convictions, d'engagement et finalement de consistance). Un critique — femme ! — l'a jugé sévèrement : ce n'est qu'un héros « sans qualités », qui n'a « ni erreurs à corriger, ni idéaux à réviser » ; bien qu'il soit indéniablement parfait, il est presque impossible de dire en quoi cette perfection consiste ; il y a en lui un « vide caractérologique », puisqu'il est caractérisé par son « adorabilité », et « il est adorable parce qu'il n'a pas de caractère » ; il manque de « traits » ; il n'a ni modèle ni ambition ; il ne se voit pas lui-même « comme ayant un moi à protéger ou à promouvoir » ; son histoire n'est pas celle d'une progressive réalisation ou découverte de soi, sa destinée le conduit à travers un certain nombre de transformations « qui ne disent rien sur ce qu'il est au fond » ; ce qui le sauve de la vulgarité et lui permet de rester le héros du roman, c'est précisément « l'ignorance et l'aveuglement » qui, dans d'autres romans, interdiraient sa promotion au statut de héros[1]. Ce réquisitoire en règle touche un point névralgique, mais selon nous de justes observations y aboutissent à des conclusions erronées.

Certes, pour reprendre le mot de Balzac, Fabrice n'a pas de « pensée » ; Stendhal nous explique que « par paresse » (Pléiade, p. 1416), il adhère à ce qu'on lui a enseigné. Il n'est pas du genre à se tracasser pour de grands problèmes intellectuels ou moraux. Il n'a pas le cerveau encombré et les idées ne l'ont jamais empêché de dormir. Ce n'est pas un homme de cabinet et il est très peu cultivé. On est plutôt consterné lorsque (Dieu merci, rarement) il expose sa « vision du monde » : ses déclarations à Ranuce-Ernest IV lors de son arrivée à Parme (p. 143) en rajoutent à tel point dans la « tartine d'absolutisme » que le prince lui-même, soupçonnant qu'il en fait trop et n'aimant pas être pris pour un imbé-

---

1. Ann Jefferson, *Reading Realism in Stendhal*, Cambridge University Press, 1988, p. 181-198. L'auteur s'inspire d'analyses antérieures de Hemmings (cf. Bibliographie).

cile, en est indisposé. Stendhal précise que Fabrice est « à peu près » sincère, ajoutant : « Il est vrai qu'il ne songeait pas deux fois par mois à tous ces grands principes » (p. 144). Et ceci, qui mérite d'être pesé : « Le goût de la liberté, la mode et le culte du *bonheur du plus grand nombre*, dont le dix-neuvième siècle s'est entiché, n'étaient à ses yeux qu'une *hérésie* qui passera comme les autres, mais après avoir tué beaucoup d'âmes... » (*ibid.*) Nous qui avons vu les ravages des totalitarismes idéologiques « dont le vingtième siècle s'est entiché », nous savons que ces hérésies-là ne tuent pas que les âmes. « Et malgré tout cela Fabrice lisait avec délices les journaux français, et faisait même des imprudences pour s'en procurer » (p. 145). Resté sentimentalement attaché à certaines aspirations, il ne se sent nullement requis de militer pour elles. L'allure de Fabrice est d'un garçon souverainement *dégagé*.

Dans une perspective mythologico-orphique comme celle de M. Nerlich, il est évidemment précieux de constater que Fabrice del Dongo a déjà existé au XVIIe siècle, qu'il a déjà été archevêque de Parme (p. 30 et 446) : les identités migrent et s'échangent, l'être circule dans les *Vasi (communicanti)*, à travers les générations. Le thème généalogique est important dans la *Chartreuse*, et son support métaphorique de l'arbre — un marronnier, évidemment (p. 46) — conforte une lecture symbolique, mais aussi du simple point de vue de l'innéité nobiliaire : de tout temps, Fabrice était « programmé » pour occuper les hautes fonctions qui lui échoient ; il n'avait qu'à se donner la peine de naître pour cueillir ce qui l'attendait ; il accepte sa nomination comme allant de soi, « en véritable grand seigneur qui naturellement a toujours cru qu'il avait droit à ces avancements extraordinaires, à ces coups de fortune qui mettraient un bourgeois hors de ses gonds » (p. 188). S'il est fugitivement visité de quelques scrupules à l'évocation du privilège, qui s'apparente de bien près au vol, ils sont vite balayés : « puisque ma naissance me donne le droit de profiter de ces abus, il serait d'une insigne duperie à moi de n'en pas prendre ma part ; mais il ne faut point m'aviser de les maudire en public » (p. 163). On voit que les leçons de Mosca ont porté ! Fabrice ne sera jamais bourrelé par l'idée de ne pas avoir *mérité* (il est bien loin d'Octave de Malivert dans *Armance* : mais aussi sort-il de chez les Jésuites, et non de Polytechnique). Il croit que son rang le met « au-dessus des lois » (p. 212), et lorsque à Bologne ses aumônes inconsidérées déclenchent une émeute de pauvres, sa conclusion est éloquente : « Je n'ai que ce que je mérite, je me suis frotté à la canaille » (p. 211). L'affaire est donc entendue : Fabrice a très peu de conscience politique et pas du tout de conscience sociale, ce qui est évidemment très fâcheux à nos yeux philanthropiques (ou hypocrites).

Mais faut-il en conclure qu'il n'existe pas ? Lus à l'envers, ces traits négatifs sont aussi des traits positifs, ces creux témoignent pour du plein. Débarrassé d'un certain nombre d'impedimenta, Fabrice n'est pas Julien :

mais faut-il le lui reprocher ? Non seulement il n'est pas sans caractère, mais il est très fortement déterminé au contraire, par la catégorie de l'aérien ; loin d'être transparent, futile et informe, le texte réaffirme sans cesse ce qui le définit : il est simple (p. 152 et 398), il est bon (il exècre de faire le malheur de quiconque, p. 219), il est naïf (c'est son aspect « fol », certes non « chaste », qui a pu à juste titre le faire rapprocher de Perceval)[1], et cette naïveté n'est pas bêtise, elle est au contraire fermeté (p. 105), comme le prouvent assez ses premières réactions à la tour Farnèse, où, tout étonné de ne pas être triste, de jouer avec le chien Fox, d'admirer le panorama, il se demande avec une gravité comique s'il serait un héros sans s'en douter (p. 310). Ce n'est ici ni puérilité ni manque de profondeur ; c'est un refus ailé du tragique, ce que Gina qualifie très justement de courage simple et de grâce parfaite, quelque chose de très rare et de très remarquable que seule peut expliquer la spontanéité d'un cœur bien placé et de « fabrique fine ». Chez Fabrice, tout semble aller de soi, parce que tout est « vu de haut » (p. 152) : et pas seulement parce qu'il a monté trois cent quatre-vingts marches. La gaieté, la légèreté de Fabrice ne sont pas synonymes de superficialité ni de manque d'étoffe, bien au contraire : ce sont paradoxalement des qualités de fond, éminemment solides, dans lesquelles ce brillant étourdi enracine sa *virtù*.

Avec une restriction plaisante, et comme s'il s'agissait là de la plus peccamineuse des limitations, on nous dit que chez Fabrice,

[1]. Marvin J. Ward, « Fabrice del Dongo et Perceval le Gallois : intertextualité ? », *Stendhal Club*, n° 119, 15 avril 1988.

hélas, il n'y a rien, ou à peu près : « il y a seulement l'amour et le désir de l'exprimer[1] ». Il n'a en effet que l'amour ; et apparemment, pour certains, c'est bien peu... Et c'est même suspect. Comme le Chérubin de Mozart, c'est un *Adoncino*, un *Narcissetto* — fi donc ! Après son affrontement avec Giletti, son premier soin est de vérifier qu'on ne l'a pas défiguré (p. 192) : ce geste de demander un miroir lui sera-t-il jamais pardonné ? De ce visage de Fabrice, nous ne savons qu'une chose, répétée avec insistance : c'est une physionomie où éclate la volupté, en permanence, à tout propos et même hors de propos (p. 103 et 454), une expression qualifiée d'« irrésistible » (p. 551), tant elle déborde à chaque instant et s'affirme comme une vocation, une essence. Michael Nerlich a raison : Fabrice ne pense qu'à ça, c'est Éros et ce ne peut être que lui. Il est « Principe Amour » comme on a parlé de « Principe Espérance ». Et il est absolument faux de prétendre que les transformations qu'il subit ne lui (ni ne nous) apprennent rien sur sa nature profonde. Enfant de l'amour, destiné à l'amour, Fabrice découvre l'amour : excusez du peu. Ce n'est que cela, en effet, un être qui s'accomplit au plus profond de l'amour. Avec l'acuité du jaloux, Mosca avait bien sûr tout compris. La joie qui rayonne de la tête de Fabrice lui semblait dire : « il n'y a que l'amour et le bonheur qu'il donne qui soient choses sérieuses en ce monde » (p. 152).

Tel est en effet le *Ce que je crois* de Fabrice del Dongo. Il ne vaut pas moins que d'autres, et sans doute vaut-il beaucoup plus.

[1] A. Jefferson, *op. cit.*, p. 194.

C. AMOURS DE VOLCAN

De Vandozza Farnèse, l'héroïne de l'« hypotexte » de la *Chartreuse*, dont les charmes furent à l'origine des grandeurs de sa famille, Stendhal dit que c'était un « *aimable volcan d'idées nouvelles et brillantes que lui fournissait l'imagination la plus féconde et la plus joyeuse qui fût jamais* » (p. 528). On s'en avise tout à coup : Gina et l'imaGINAtion vont ensemble, mieux : ne sont qu'une seule et même chose. Gina est éruption permanente, geyser d'initiatives et de désirs, principe actif et dévorant qui ne connaît aucune retombée et que semblent alimenter d'inépuisables réserves d'énergie en fusion. Le stoïcisme n'est pas son fort : elle définit la résignation comme un courage « ridicule », celui « d'un sot qui se laisse prendre sans mot dire » (p. 49). Force qui va, volonté toujours vibrante comme la corde tendue, Gina n'est jamais en repos. C'est une âme mobile, emportée, qui, pour se sentir exister, a besoin de se fouetter par l'excitation d'une vie écumeuse, à l'état naissant, en perpétuelle improvisation. Toute de spontanéité, c'est le type même du caractère « primaire » : incapable de recul, de calcul, ne prenant pas le temps d'analyser les situations et commettant des erreurs par imprudence, impatience, excès de fougue (la pire, qu'elle aperçoit trop tard, étant de parler de poison à Ernest V, ce qui lui donne barre sur elle : sottise symétrique de celle de Mosca « oubliant » les mots décisifs dans la formule de grâce, mais aussi inverse, puisque là où le courtisan godille savamment, elle s'enferre par irréflexion). Les faux pas sont, si l'on veut, d'une écervelée, surtout dans un monde comme celui de la cour où le moindre écart est mortel, mais ce superbe insouci de la raison raisonnante, ce primat absolu du primesaut et de l'inspiration instantanée ont aussi leurs coups de génie, bousculant les règles du jeu dans une stupéfiante bourrasque d'innovation (ainsi lorsqu'elle amène le souverain à renverser toute étiquette pour venir s'amuser chez elle). Cette imagination effervescente dont elle est à la fois la bénéficiaire et la victime, c'est ce qui la rend unique, mais aussi son handicap : l'ardeur de ce foyer qui l'anime lui cache des choses, fait écran avec les véritables ressorts du réel, ce qui l'amène à des échecs cuisants, mais au moins ne se berce-t-elle jamais « de ces illusions volontaires que donne la lâcheté. C'était surtout une femme de bonne foi avec elle-même » (p. 115-116). Fabrice, on le voit, chasse de race... Ce qui la meut et l'émeut, c'est le bon plaisir du moment, sacralisé comme valeur en soi, mesure et étalon : elle agit par foucades et bouffées désirantes, au hasard et pour s'assouvir dans la minute ; mais sous les festons de ses caprices on décèle une volonté de fer (« Il y avait deux choses dans le caractère de la duchesse : elle voulait toujours ce qu'elle avait voulu une fois ; elle ne remettait jamais en délibération ce qui avait été une fois décidé », p. 367) ; et « à quelque démarche qu'elle se fût laissé entraîner elle y eût tenu avec fermeté. Elle ne se fût point blâmée en revenant au sang-froid, encore moins repentie : tel était le caractère auquel elle devait d'être encore à trente-six ans la plus jolie femme de la cour » (p. 252).

Il y a un « effet Gina » tout à fait spécifique qui se fait ressentir au moins dans la première moitié du roman, et dont on voit bien en quoi il touche au mythe ou au conte de fées : elle incarne la jouvence, elle rajeunit tout ce qui l'approche. Tel est le prodige opéré par cet être qui semble miraculeusement indemne des stigmates de l'âge : on dirait qu'il ignore l'entropie qui est pourtant le triste lot de toute créature ; le potentiel de renouvellement de son vouloir-vivre, c'est-à-dire de son vouloir-désirer, paraît infini ; une sorte de radioactivité intime émane de sa personne, la régénère sans cesse et revitalise « sympathiquement » son entourage. La fréquentation de Gina vaut toutes les cures et toutes les médications supposées redonner du tonus aux fatigués de la vie ; sa seule proximité raffermit les fibres spirituelles, rend goût et appétit. Essentiellement vitaminante et apéritive, elle ôte le poids des ans à sa belle-sœur et à Mosca (p. 41) : il y a de la magicienne (une Médée bonne ?) chez cette femme qui possède, croirait-on, un secret d'intuable juvénilité. Si le seul fait d'exister lui paraît si piquant, si riche de saveurs inédites, c'est sans doute parce que son destin de jeune femme lui a tôt imposé une expérience intime du meilleur et du pire, l'un et l'autre abordés avec un parfait naturel et une alacrité qui, dans le bonheur, s'appelle refus de l'arrogance et liberté intérieure, et dans le malheur s'apparente de bien près à un héroïsme qui s'invente sans se croire héroïque : la brillante favorite de la cour du prince Eugène et la proscrite fuyant Milan dans une charrette (ni plus ni moins qu'une vivandière) sont une seule et même âme, d'une totale équanimité, qui, par sa gaieté, manifeste qu'elle est supérieure à tous événements, favorables ou contraires, et qu'elle place le principe de sa plénitude hors des tribulations du sort.

C'est peut-être aussi dans ces hauts et ces bas, ces changements à vue littéralement spectaculaires, qu'elle a puisé ce besoin de théâtralisation qui chez elle s'apparente à un instinct. C'est une bête de scène, une *diva* qui dramatise continuellement ses attitudes, possède un art consommé du geste et de l'intonation, électrise ses *fans* (les domestiques qui l'applaudissent avec fureur, p. 253), ne peut se passer du public, pirandellise avant la lettre lorsqu'elle organise au palais des séances où le jeu et la vie s'embrouillent, se reflètent, mentent pour exhumer des vérités. Star-née, elle n'a qu'à paraître pour captiver tous les regards, avec l'aisance souveraine de qui, ayant mesuré l'illusion universelle, sait admirablement être elle-même pour les autres (et pour soi) la plus flatteuse des illusions.

Tout cela s'opère comme allant de soi. Gina n'a pas d'« idées », elle non plus, et ne théorise pas. Si, par son imprévisibilité, elle incarne pour l'état de choses existant la menace d'une subversion latente (comment endiguer un levain, une semence ?), la révolution dont elle est virtuellement porteuse ne s'accomplit pas parce qu'elle ne repose sur aucun programme cohérent et qui dépasse l'individu avec ses entours immédiats. C'est une « sédition sans système[1] ». Il n'y a pas de visée idéologique précise dans ses transgressions — « je n'ai jamais parlé d'insurrection, car j'abhorre les jacobins » (p. 414-415) ; parmi ses nombreux rôles, on cherche en vain celui d'une Pasionaria qui jouerait de son ascendant pour soulever les foules contre le pouvoir établi, ne fût-ce que par vengeance personnelle camouflée sous les proclamations libertaires de la veuve Pietranera : il est vrai que, pour la compagne du ministre sur lequel repose ledit pouvoir, c'eût été assez délicat ! C. W. Thompson observe excellemment : « c'est bien plus vers une subversion psychique que vers une subversion légale ou économique que s'oriente son goût d'enfreindre les conventions. Gina est anti-répressive au nom de la vie émotionnelle encore plus qu'elle n'est antiautoritaire au nom de la liberté physique et matérielle. [...] Voilà pourquoi ses transgressions ne se limitent pas à celle qui sont envisagées systématiquement par la gauche, tout en les recouvrant parfois. Voilà pourquoi ses idées politiques pourront rester modérées et avantager la position sociale qu'elle entend se réserver, tandis que de tout son être, et sans le vouloir précisément, elle ne peut s'empêcher d'engendrer des significations plus radicales[2] ». Et d'ajouter que Stendhal n'aurait pu trouver de meilleur symbole que les étincelantes fêtes données par Gina, sa spécialité incontestée, ce qui la rend incomparable

---

1. C. W. Thompson, *op. cit.*, p. 118.

2. *Op. cit.*, p. 121.

entre toutes à Parme, pour illustrer la beauté, mais aussi la fragilité d'un tel soulèvement contre le train des choses.

Sa grande affaire, pas plus que pour Fabrice, n'est pas la redéfinition de l'État. C'est l'amour et rien que lui. On se demande comment, dans son article « d'une si géniale incompréhension[1] », Balzac a pu prétendre que Stendhal avait soigneusement caché le « caractère sensuel »; aggravant son cas (c'est au point qu'on se demande si on n'a pas la berlue), il précise : « Il n'y a pas dans l'ouvrage un mot qui puisse faire penser aux voluptés de l'amour ni les inspirer.[...] *La Chartreuse de Parme* est plus chaste que le plus puritain des romans de Walter Scott[2]. » Mieux aurait valu évoquer la discrétion de l'expression sexuelle, habituelle chez Stendhal, quoique les compléments notés sur l'exemplaire Chaper prouvent qu'il avait décidé d'être plus explicite. Difficile en effet de faire mieux entendre de quoi il s'agit : « Ce qui n'était pas une illusion, c'est l'effet magique que produisait sur elle la conversation de Fabrice. Cet effet allait jusqu'au délire. Il faut dire que cet effet était réciproque. [...] Quand je suis avec Fabrice et que rien ne le contraint, qu'il peut me dire tout ce qu'il pense, je n'ai plus de jugement, je n'ai plus la conscience des mots humains pour porter un jugement de son mérite ; je suis dans le ciel avec lui et quand il me quitte, je suis morte de fatigue et incapable de tout, excepté de me dire : « C'est un dieu pour moi et il n'est qu'ami » (p. 573 ; cf. Pléiade, p. 1410). Que ces conversations

---

[1]. M. Crouzet, préface à l'édition Garnier-Flammarion, p. 24.

[2]. R. Stéphane, *op. cit.*, p. 52.

orgasmiques ne soient que le substitut d'autres jeux, interdits ceux-là, semble assez clair et le caractère « aphrodisiaque » de Gina crève les yeux.

C'est évidemment et d'emblée poser la question de l'inceste qui rôde en nébuleuse au cœur du roman, comme au cœur de la vie de Stendhal, avec toutes les précautions, audaces, transpositions, etc. qui sont de règle dans les stratégies du désir rusant avec le tabou. Dans le domaine des précautions, on pourra remarquer que Stendhal a pris soin de faire de Gina la sœur non pas de la mère de Fabrice, mais de son père (d'état civil) : manière peut-être de distendre quelque peu le lien « endogamique [1] », mais qui ne suffit pas à contenir le déferlement d'une équivoque soigneusement et systématiquement cultivée. On a depuis longtemps repéré le brouillage et la mouvance de la figure maternelle, qui se pose tour à tour sur Gina et sur Clélia [2] ; mais d'abord, chronologiquement, sur Gina, qui par l'âge et les liens de famille, est évidemment désignée pour ce rôle (de sorte que lorsqu'elle fait, devant les gendarmes, passer Fabrice pour son fils, cette imposture objective est aussi un aveu d'une profonde authenticité, p. 96). Clélia, qui observe l'enthousiasme de Gina pour Fabrice, croit pouvoir en conclure qu'elle n'est pas sa mère (p. 97) : cet enthousiasme prouve au contraire qu'elle *devrait* l'être, qu'en un sens c'est bien elle, la vraie mère d'un fils qui lui ressemble. Quand Stendhal qualifie de « presque filiale » (p. 105) l'affection que lui porte Fabrice, on se plonge non

1. P.-L. Rey, *op. cit.*, p. 156.

2. Robert André, *Écriture et pulsions dans le roman stendhalien*, Klincksieck, 1977, p. 33 ; Philippe Berthier, *Stendhal et la Sainte Famille*, Genève, Droz, 1983, p. 157.

sans un certain vertige sur les mystères de ce dièse ou de ce bémol qui module l'épithète. L'« horreur » que Gina eût ressentie à chercher « un autre sentiment » dans ces étreintes innocentes, loin d'être repoussée, sera sondée à loisir et savourée avec une délectation qui se cache à peine. Le mot « inceste » sera *(in petto)* prononcé par Fabrice (p. 154), pour le repousser de toutes ses forces, tandis que Gina aura besoin de longues introspections pour être au clair avec elle-même sur cette tentation : « elle trouvait quelque chose d'horrible dans l'idée de faire l'amour avec ce Fabrice qu'elle avait vu naître ; et pourtant que voulait dire sa conduite ? » (p. 159).

Il est évidemment commode de s'installer dans un flou artistique ménageant les infinies ressources de la mauvaise foi : on peut en même temps prétendre qu'on n'a jamais nourri ces mauvaises pensées et captieusement espérer qu'elles prendront corps. Mosca voit lucidement le danger dans le suspens dont on s'exténue à ne pas vouloir éclaircir les termes : « Ce bonheur était si innocent, si vif et en même temps si tendre qu'il était de plain-pied avec toutes les preuves de tendresse possible. Il est sans aucun mélange de pensées, se dit le Comte, c'est pour ainsi dire du bonheur d'instinct. Elle est sur le point de se donner sans y songer. Ce n'est pas l'amour qu'elle a pour moi qui la défend en ce moment, c'est tout simplement que Fabrice oublie de la prendre dans ses bras » (p. 576). L'*instinct*, auquel Gina aura recours elle aussi pour expliquer ses sentiments à l'égard de son neveu (p. 285), a bon dos : imposé par la nature, comment pourrait-on y renoncer ? Ses manifestations « à l'étourdie » (p. 147) ne sont pas supposées compromettantes ; mais s'y exprime aussi une vocation plus forte que tout.

Balzac a évoqué nommément Phèdre[1], ce qui a amené Stendhal à protester en minaudant quelque peu (« Je vous avouerai que j'ai été scandalisé, moi qui suis assez bien disposé pour l'auteur »)[2]. Pourtant, Phèdre est bien là dans ses traits essentiels, et pas seulement parce que la tour Farnèse a été construite pour y interner un prince héréditaire « qui, fort différent de l'Hippolyte fils de Thésée, n'avait point repoussé les politesses d'une jeune belle-mère » (p. 304). Comme il a été précédé par un autre archevêque, Fabrice a été devancé en ces lieux par quelqu'un qui aurait pu être lui. Si les choses ne tournent pas ainsi pour lui, c'est grâce à son bon sens (il est en l'occurrence beaucoup plus mûr que sa tante), et surtout à l'apparition de Clélia, qui dissipera définitivement ces périlleuses vapeurs. Pour lui — pas pour Gina, hélas. Tout se passe comme si Stendhal, toujours interrogeant les implications jamais liquidées de son amour pour sa mère, essayait ici une fois encore d'en vivre à la fois la promesse et l'exorcisme : c'est de l'inceste et ce n'en est pas, c'est merveilleux et pourtant invivable. L'évolution du personnage de Gina, son raidissement progressif, témoigne de la mise à mort d'un fantasme obsédant, nécessaire et pourtant finalement reconnu comme impraticable et destructeur, que Stendhal tentera de « récupérer » en le dépla-

1. R. Stéphane, *op. cit.*, p. 52.

2. Lettre à Balzac, *loc. cit.*, p. 400.

çant sur la moins dangereuse Clélia, qu'il dotera de traits maternels en dehors de toute consanguinité : elle sera pour Fabrice une « mère » comme l'est sans doute obscurément pour l'homme toute femme aimée, mais sans catastrophique mélange des genres, comme avec Gina, qui replonge toujours son neveu-fils-amant dans la trouble soupe familiale, et lui interdit d'en sortir.

Tout au long de la *Chartreuse*, Gina, comme Fabrice, se transforme, mais pas à son avantage. Ce qui avait séduit comme dynamisme roboratif et vitalité admirable s'avère, à partir du moment où se profile la silhouette de la rivale, implacable possessivité et férocité de mante religieuse. Ce personnage si délicieusement fluide se durcit, devient une machine jalouse, prête à tout pour éliminer l'Autre et se garder Fabrice. Tant que Clélia ne lui apparaît que comme une bénigne agnelle, elle a pour elle les meilleurs sentiments. L'arrestation de Fabrice déploie dans toute son ampleur le versant « ogresque » de sa personnalité. Lorsqu'elle évoque « la vieille histoire de Judith » (p. 277) pour arracher le bien-aimé aux griffes du prince, soyons bien convaincus qu'il ne s'agit pas pour elle de référence rhétorique. Elle devient littéralement capable de tout, parce que ce qu'on lui a pris, c'est son tout, justement : « la jeune femme est morte en moi, je ne puis plus m'exagérer rien au monde, je ne puis plus aimer » (p. 288). Mais elle s'abuse étrangement, ou abuse Mosca, lorsqu'elle lui déclare : « si Fabrice n'est heureux, je ne puis être heureuse » (p. 285). La suite va se charger de prouver qu'il n'en est rien et que Gina, « somme de tous les périls qui constituent le fond redoutable de la féminité »[1], ne peut en réalité être heureuse que si Fabrice est à elle ; si c'est ailleurs qu'il doit trouver son bonheur, elle préférera, selon la meilleure logique racinienne, et à la lettre dans les mêmes termes, le piétiner pour se venger de son « ingratitude ». L'enchanteresse Armide (p. 292) se mue alors en sorcière aux maléfices inexpiables, Médée jette le masque quand Jason l'a trahie. On ne dégage pas suffisamment la violence de cette rupture, comme si on hésitait à reconnaître toute la portée de cette métamorphose de l'ange gardien en ange noir.

Du côté de Fabrice, depuis qu'il y a Clélia, c'est « avec un profond sentiment de dégoût », comme devant une nauséeuse corvée, que toutes les nuits, il lui faut répondre aux signaux lumineux de celle qui remue ciel et terre pour lui (p. 341) : après un pareil mot, pourra-t-il se renouer quoi que ce soit entre eux ? Une fois Fabrice physiquement élargi, l'évidence de son « absence », puisqu'il est en esprit tout entier resté à Clélia (« Aricie a son cœur, Aricie a sa foi ! »), met un comble aux fureurs contre celle qui n'est plus que la « petite fille » (p. 383) et qui, pourtant, a su assurer le succès, car la pensée la plus torturante est bien celle-ci : « c'est elle qui l'a sauvé ! » (p. 387). La *terribilità* de la duchesse atteint alors des paroxysmes atroces ; elle bat la campagne (Ludovic la voit réellement folle), elle veut parapher son malheur d'une

---

[1] Gilbert Durand, *Le Décor mythique de « La Chartreuse de Parme »*, Corti, 1961, p. 122.

grande apocalypse de feu et d'eau (l'illumination de Sacca, l'inondation de Parme), qui évoque pour Balzac les inspirations grandiosement mortifères de Lucrèce Borgia [1], et elle échoue, tant en public qu'en privé. Les dégâts à l'image qu'elle se fait de soi sont incalculables : « avilie, atterrée par ce plus grand des chagrins possibles » (p. 387), elle s'éprouve ravalée à ses propres yeux et à ceux d'autrui, avec à remâcher l'âcreté d'une immense injustice : « J'ai fait cela pour lui, se dit-elle ; j'aurais fait mille fois pis, et le voilà qui est là devant moi indifférent et songeant à une autre ! » (p. 399).

Gina a rejoint la banalité, la crudité, la rage impuissante de l'amour qui se croit des droits et s'imagine que sa seule existence suppose, implique et crée la réciprocité. Misère : « l'amour n'est pas aimé » ; pis : il est volé... « Maintenant elle l'emporte sur moi. Quoi de plus simple ? elle a vingt ans ; et moi, changée par les soucis, malade, j'ai le double de son âge !... Il faut mourir, il faut finir ! Une femme de quarante ans n'est plus quelque chose que pour les hommes qui l'ont aimée dans sa jeunesse ! » (p. 400). Comme une fée à qui on aurait dérobé sa baguette, une prestidigitatrice qui n'a plus la main, Gina a trouvé plus forte qu'elle, et n'a plus qu'à abdiquer. Mais cette Hermione sénescente n'a pas ce que Colette appelle dans *La Naissance du jour* le « chic suprême du savoir-décliner », elle n'a ni l'élégance ni la sagesse de la Maréchale du *Chevalier à la rose*, qui comprend qu'il est inévitable de passer le relais, de donner Octavian à Sophie, parce que tel est l'ordre des choses,

---

[1]. R. Stéphane, *op. cit.*, p. 79.

et qu'il est déjà inespéré d'avoir pu, malgré la différence d'âge, goûter une si radieuse exception à la grande loi du Temps... « *Ja, ja...* », murmure-t-elle, déjà très loin, blessée mais consentante, somptueusement crépusculaire, avant de quitter la scène définitivement, laissant les deux alouettes chanter fiévreusement leur jeunesse dans le soleil levant.

Le sublime de l'effacement, du renoncement, cette preuve suprême d'amour qui consiste à lui rendre sa liberté, au bénéfice de ce que Stendhal eût appelé la « douceur regrettante » du souvenir, n'est pas dans le tempérament d'une femme qui n'a jamais rien *accepté*, et surtout pas l'hémorragie de la durée, qu'elle semblait avoir miraculeusement suspendue, et qui, depuis le surgissement de Clélia, l'emporte comme les autres, sans qu'elle puisse s'en accommoder. Elle va répandre des trésors d'énergie pour marier le plus vite possible Clélia à Crescenzi, sachant qu'elle désespère Fabrice (p. 398 et 444) : pitoyable revanche (je ne l'aurai pas, mais au moins elle ne l'aura pas non plus !), ressource dérisoire et méchante de ceux qui savent qu'ils ont perdu. Elle ira jusqu'à favoriser le retour en grâce de l'empoisonneur Conti pour que ce mariage ait lieu (p. 450) ; sadiquement, elle n'en épargnera aucun détail à Fabrice (p. 453) ; elle sera furieuse ensuite de constater qu'il a retrouvé la joie, c'est-à-dire mystérieusement Clélia (p. 461). Tout est consommé, parce que rien ne l'a été... Gina avait blasphémé ou porté le confusionnisme à son comble, le jour où elle avait dit à Mosca : « je vous aime mieux que

Fabrice » (p. 429). Son parcours amoureux au long du roman s'opère donc en sens inverse de ceux de Fabrice et de Clélia, comme une chute, une descente aux enfers de la frustration. On pourrait lui appliquer ce que Stendhal dit d'Hélène Campireali dans *L'Abbesse de Castro* : on assiste à « la dégradation d'une âme généreuse ». Elle demeure seule, souriante, mais intérieurement en ruine. La lumineuse Gina incarne, pour finir, impérieuse et impérialiste, les ravages de l'anti-Agapè, non plus l'amour pour l'autre, mais l'amour pour soi. Elle ne survit que de peu à Fabrice : simple formalité du corps ; l'âme était morte depuis longtemps.

D. AMOURS DE VIOLETTE

À Balzac, Stendhal déclare : « Je m'étais dit : Pour être un peu original en 1880 après des milliers de romans, il faut que le héros ne soit pas amoureux au premier volume, et qu'il y ait deux héroïnes [1]. » Difficile d'admettre que ce soit un simple désir de se singulariser qui l'ait amené à ce parti : des motivations beaucoup plus profondes lui imposaient de fourvoyer d'abord Fabrice, de le gaspiller longuement dans l'inessentiel, avant de lui faire rencontrer son destin sous les traits d'une jeune fille qui, à côté de la « mère » et bientôt contre elle, recueillerait le meilleur de son héritage (peut-être parce qu'elle-même n'a pas de mère : pas un mot sur Mme Conti, pas plus que sur Mme Sorel), sans être grevée de son fatal penchant à l'annexion.

1. Lettre, *loc. cit.*, p. 396.

Lorsque Clélia paraît, le bilan affectif de Fabrice est déplorable : des maîtresses à la douzaine, et le sentiment d'une mutilation. Il se voit comme un babilan du cœur : « J'aime sans doute, comme j'ai bon appétit à six heures ! Serait-ce cette propension quelque peu vulgaire dont ces menteurs auraient fait l'amour d'Othello, l'amour de Tancrède ? ou bien faut-il croire que je suis organisé autrement que les autres hommes ? Mon âme manquerait d'une passion... » (p. 220-221). Son incapacité d'aimer autrement que par une mécanique pavlovienne menace de le faire naufrager dans les horreurs de la médiocrité dorée : on souffre de le voir si insouciant et si « heureux » à Bologne avec Marietta, menant cette jolie vie de café dont il avait jadis, avec répulsion, si violemment refusé et réfuté le vide (p. 131 et 218) ; que dire du sinistre épisode de la Fausta, où il s'acharne à faire la démonstration, hélas trop réussie, que son amour de l'amour est voué au néant ? On touche là le fond de l'inutilité. Dans ce paysage aride, la prison surgit comme une oasis providentielle, où se cache la source que depuis toujours il attendait. « Il est arrêté. Quelque chose murmurait, en lui, en nous, dans l'auteur sans doute : Halte enfin[1] ! » On est comme soulagé : Fabrice, qui se croyait condamné à ne jamais connaître « la partie noble et intellectuelle de l'amour » (p. 240), et semblait résigné à l'insatisfaction de se comparer toujours à un modèle parfait auquel il ne peut atteindre (Gina ne lui rend d'ailleurs pas service en essayant de le convaincre qu'il doit être plus

1. M. Guérin, *op. cit.*, p. 234.

indulgent envers lui-même et apprendre à se pardonner, p. 175), fait une rencontre qui, comme par enchantement, dissout le séducteur chatoyant et vain et lui substitue, à travers quelles joies et quels tourments, l'être accompli en quoi l'éternité le changera.

Au fond, il n'y a que Mosca qui, au long de la *Chartreuse,* ne change pas : tel il était, tel il est, tel il sera, et c'est peut-être cette immuabilité, signe incontestable de force, qui est aussi sa plus grande faiblesse en tant qu'instance romanesque, susceptible de cristalliser sur elle des projections, des identifications, des attachements ou des complicités. Peut-être tout simplement parce que la fiction le prend en charge « tout fait » en quelque sorte, quand il est déjà trop âgé pour changer. Il n'en va de même ni pour Gina, ni pour Fabrice, ni pour Clélia, que nous suivons depuis ses douze ans jusqu'à sa mort, et dont nous parcourons l'extraordinaire développement. Gina s'assombrit, Fabrice s'approfondit, Clélia s'élargit : une enfant timide, une modeste violette de Parme, amie de la discrétion et de la méditation, tout entière absorbée dans une authentique vie intérieure, ombreuse, un peu lente, « soit par mépris de ce qui l'entourait, soit par regret de quelque chimère absente » (p. 268), visitée par l'amour, va peu à peu éclore et révéler aux autres et à elle-même des trésors insoupçonnés d'énergie spirituelle et de courage moral qui vont l'amener à devenir qui elle est en prenant tous les risques. Cette métamorphose ne trouve évidemment son sens qu'en contraste et contrepoint avec

Gina, d'abord protectrice, ensuite étonnée, bientôt dépassée ; l'humble petite personne démunie l'emportera sur celle qui semble l'écraser de toutes ses supériorités. Émergeant de sa chrysalide, cette figure va s'imposer par les pouvoirs du calme et de l'introversion, face à une rivale trop extérieure que desserviront son brillant même et son fatigant activisme. D'abord tout en nuances, en demi-teintes, Clélia va s'affirmer et éclipser les fulgurations sanséveriniennes : victoire de la colombe sur la tigresse, de l'ontologie sur les prestiges scintillants des feux de la rampe.

Dès que Fabrice entre dans sa vie, à partir de cet inoubliable 3 août où s'ouvre véritablement son cœur et où, d'un regard de pitié qui littéralement le *re-crée*, elle fait de Fabrice « un autre homme » (p. 311, 313 et 315),

---

Dans une étude très documentée (*Stendhal und die Freimaurerei*, Tübingen, G. Narr, 1991), Dieter Diefenbach a montré que Stendhal dissimule partout, camouflée, la date de son initiation maçonnique à la loge Sainte-Caroline : 3 août 1806. Les chiffres 3 et 8 jouent un rôle particulier dans la *Chartreuse*. Cette interprétation permet aussi d'éclairer certains détails déroutants du roman : les cryptogrammes astronomiques et numériques, l'alphabet « alla Monaca », la chapelle noire de la tour, la présence de l'acacia. Il ne fait pas de doute que la date de naissance de Clélia, 27 octobre 1803 (p. 96), n'est elle aussi précisée que pour faire une allusion, encore non déchiffrée, à quelque événement marquant de la vie personnelle de Stendhal[1].

1. Pierre-Louis Rey, *op. cit.*, p. 48. On suggère presque au hasard : 27 octobre 1806, entrée à Berlin avec Napoléon ; 27 octobre 1830, nomination comme consul.

Clélia entre en dissimulation, c'est-à-dire en transgression, sur fond aigu de tragédie familiale : ce mouvement irrépressible qu'elle sent grandir en elle, et qu'elle ne connaît pas, est d'abord un parricide. La fille du geôlier, qui croit avoir des idées politiques (le général Conti, Grand Cadenassier de Parme, est, par un savoureux paradoxe qui en dit long, à la tête de la faction prétendue libérale !), ne sait plus qu'en faire lorsque l'enfarnèsement de Fabrice la prend dans l'étau d'une contradiction insoluble entre la générosité de son idéal libertaire (« Ô pouvoir absolu, quand cesseras-tu de peser sur l'Italie ? », p. 270), qui va jusqu'à lui faire envisager, tout comme à Gina, rien de moins que d'aller poignarder le prince, « comme l'héroïque Charlotte Corday » (p. 315), et l'« obéissance passive » qu'elle affiche volontiers envers son père (lequel, par une sanglante ironie, a précisément ainsi baptisé la cellule de Fabrice, p. 268 et 306), un respect qu'elle se sent désormais incapable de lui garder. Modèle de toutes les vertus filiales, Clélia se voit progressivement acculée par ce que Stendhal appelle « la logique de la passion » (p. 345) à s'extorquer sa vérité intime, au forceps, en endossant l'emploi le plus étranger à sa nature, la révolte et la perfidie (« c'est moi qui vous sollicite de trahir mon père », p. 343) [1]. Le mépris que désormais elle ne peut s'empêcher d'éprouver pour lui (p. 310), loin de la qualifier à ses propres yeux, la dégrade. Jusqu'alors si pur, si étale, son horizon se charge de noires nuées d'angoisse et de remords, de jalousie, de haine même pour Gina (p. 316 et 322).

1. Cf. *Stendhal et la Sainte Famille, loc. cit.*, p. 12-13.

Elle naît, en somme, dans la douleur, c'est-à-dire que, tout comme Fabrice, elle meurt et devient. On peut parler d'accouchement mutuel : littéralement. Clélia et Fabrice s'entre-donnent l'être, se font réciproquement sortir des limbes, s'arrachent l'un l'autre à la virtualité qui jusqu'alors avait été leur lot. La critique a abondamment relevé tout le réseau métaphorique et les signes qui font des neuf mois passés par Fabrice à la tour une gestation symbolique, qui s'achève par une difficile expulsion, à laquelle ne manque même pas le cordon ombilical. Clélia-Ariane, Clélia-Amalthée[1] guide et nourrit l'homme en qui elle a reconnu celui qui devait venir à elle, advenir par elle. Il leur faut tout reprendre à zéro, et par exemple, comme des enfants, réinventer le langage (p. 339). Leur première étreinte sexuelle s'accomplit avec la simplicité, l'évidence harmonieuse et parfaitement dédramatisée d'une conjonction d'astres, qui de toute éternité *devait* avoir lieu. Dans le ventre de la citadelle s'est opérée une inversion-subversion des valeurs[2] ; espace à la fois d'intimité et de dilatation, elle a fait pénétrer Fabrice au plus profond de soi, dans une sorte de descente labyrinthique qui est aussi *Rücksicht* (retour) à un monde imaginaire, « féminoïde et maternel[3] ». Lorsqu'elle le revoit après son évasion, Gina trouve que la prison l'a beaucoup changé : « il est fou [...], il prend les choses au tragique » (p. 354). Mais la frivolité n'est plus de saison. Il a trouvé la porte étroite, qui n'est pas seulement celle de l'orangerie du palais Crescenzi. Il connaît désormais le prix du bonheur. Il n'en connaît pas encore le couronnement

[1]. G. Durand, *op. cit.*, p. 154.

[2]. V. Brombert, *op. cit.*, p. 72.

[3]. G. Durand, *op. cit.*, p. 137 et 173.

d'épines, il lui reste à découvrir le mystère le plus tragique en effet : que chacun de nous tue ce qu'il aime.

E. ON TUE UN ENFANT

C'est assurément l'un des secrets les mieux gardés de *La Chartreuse de Parme* que l'entrée du caveau où repose Sandrino, le fils clandestin de Fabrice et Clélia. On connaît la déclaration si désorientante de Stendhal à Balzac : « J'ai fait la *Chartreuse* ayant en vue la mort de Sandrino, fait qui m'avait vivement touché dans la nature. M. Dupont m'a ôté la place de la peindre[1]. » Peu importe assurément la source, qu'elle soit biographique (la petite Bathilde Curial), littéraire (Stendhal aurait démarqué *Les Frères anglais*, roman anonyme lu en 1810)[2] ou historique[3] qui se cache sous cet épisode, dont nous devrions admettre que c'est lui le moteur dissimulé de l'énorme machine, qui n'existerait que par lui et pour lui. Moins de quatre pages et demie : la quantité ne fait évidemment rien à l'affaire, mais on reste troublé par la disproportion entre le foisonnement de la fiction et ce minuscule grain de sénevé qui, *in fine*, et rétroactivement si l'on peut dire, lui aurait donné naissance — naissance enracinée dans une mort, et pas n'importe laquelle : la plus injuste, la plus irrémédiable, celle d'un enfant.

C'est évidemment du côté des plis structurants, des nécessités profondes de l'imaginaire, plutôt que des stimuli occasionnels, qu'on peut hasarder quelques sondages en ces régions pénombrales de l'affectivité

1. Lettre, *loc. cit.*, p. 396.

2. Cf. l'article de Richard Bolster, optimistement intitulé « Stendhal retrouvé : la fin d'un mystère stendhalien », *Revue d'histoire littéraire de la France*, mars-avril 1994.

3. Cf. Marie-Rose Guinard-Corredor, qui rapproche la mort de Sandrino de celle de l'Aiglon en juillet 1832 (« Sandrino et le "roman de l'avenir" », *Stendhal Club*, n° 120, 15 juillet 1988).

stendhalienne, où s'enchevêtrent les enjeux restés toujours saignants du roman familial[1]. Loin d'aller de soi, paternité et filiation sont affrontées comme nœuds de contradiction, où le désir de revendiquer, d'assumer sa place dans la chaîne des générations et de se survivre se heurte indissolublement au besoin de ne devoir qu'à soi, au refus humilié et violent de l'origine, au mépris de la *reproduction*.

Dans toute l'œuvre de Stendhal, ni père ni fils heureux : c'est la Loi. Dans le cas de Fabrice, les choses se compliquent du fait paradoxal qu'il a deux pères et qu'il reste pourtant incurablement orphelin : le marquis n'est pas son vrai père, et quant à Robert, cet « en deçà du nom [...], cette inexistence subtile [2] », il a disparu. Il lui faudra donc, comme toujours chez Stendhal, s'inventer des pères de substitution (Napoléon, Blanès, Mosca, Landriani...). Par un engrenage qui lui échappe, le bâtard Fabrice se voit voué à n'engendrer qu'un bâtard, et un bâtard qu'il lui faut éliminer au nom d'une « logique supérieure [3] », subconsciente, camouflée sous les lubies injustifiables du « caprice ». C'est en effet à un pur et simple « caprice de tendresse » (p. 484) que Stendhal impute l'enlèvement de Sandrino, aux conséquences si dévastatrices. L'opiniâtreté extraordinaire avec laquelle, quoi qu'il doive en coûter à Clélia et à lui-même, Fabrice maintient et mène à bout l'entreprise (il « ne pouvait ni se pardonner la violence qu'il exerçait sur le cœur de son amie, ni renoncer à son projet », p. 487) suffit à montrer qu'il y va non pas d'une fantaisie,

[1]. Cf. *Stendhal et la Sainte Famille*, loc. cit., p. 101-104.

[2]. M. Guérin, *op. cit.*, p. 188.

[3]. M.-R. Guinard-Corredor, *art. cit.*, p. 285.

mais de quelque chose de vital (c'est-à-dire de mortel) pour lui. Privé de voir la mère, par son vœu à la Madone, il veut « ravoir » (p. 486) le fils, à la fois comme substitut de la mère invisible (« Le petit nombre de fois que je le vois, je songe à sa mère, dont il me rappelle la beauté céleste et que je ne puis regarder […] ; je veux du moins avoir auprès de moi un être qui te rappelle à mon cœur, qui te remplace en quelque sorte », *ibid.*), et aussi et surtout pour en être reconnu comme objet d'amour : « mon fils ne m'aimera point ». Éternel chantage de la paternité, toujours animée de ces intentions si excellentes dont l'enfer est pavé : aime-moi, ou je te tue. Bien entendu, en un certain sens — et c'est là évidemment le plus terrible —, le désir de Fabrice est tout à fait « naturel » *(ibid.)*, et Clélia ne saurait en disconvenir (elle sent que Fabrice « avait une sorte de raison »), mais la nature est meurtrière parce que, pour Stendhal avant Sartre, le lien de paternité, pourtant si nostalgiquement et inlassablement rêvé, à quelque chose d'intrinsèquement pourri.

Qu'il s'agisse d'un véritable infanticide n'est guère discutable. La critique diverge au sujet de la fameuse branche de marronnier que, lors de son retour à Grianta, Fabrice retrouve cassée (p. 176) ; cette blessure infligée à son « arbre de Jessé[1] » devrait, selon certains[2], être mise en relation avec les prédictions de Blanès (« je crois voir qu'il sera question de tuer un innocent, qui, sans le savoir, usurpe tes droits », 167), qui ne pourraient désigner que Sandrino (c'est l'essence même du triangle œdipien que le fils, second venu par définition, semble un usurpateur

---

1. G. Durand, *op. cit.*, p. 53.

2. S. Felman, *op. cit.*, p. 145.

arrachant au père son bien). Pour d'autres, rien de tel : la branche cassée nous inviterait plutôt à y reconnaître « le symbole parfait d'une belle croissance continue [...] ; toute croissance se paie d'une manière ou d'une autre ; c'est seulement dans ce sens que la branche élaguée préfigure ce qu'il en coûtera à Fabrice d'atteindre sa véritable destinée spirituelle[1] ». Mais quoi qu'il en soit, la culpabilité parentale ne saurait faire de doute. Clélia elle-même n'est certes pas sans responsabilité[2] ; déjà dans *Le Rouge et le Noir*, Stendhal avait analysé les tortures d'une pieuse adultère qui, au chevet de son fils malade, se désespère de voir souffrir la victime expiatrice de ses propres égarements. Non seulement Clélia bafoue la sainte institution du mariage, mais elle observe son vœu de manière plus qu'élastique ou casuiste ; elle l'enfreint carrément, ou le tourne : de ce qu'il lui est interdit de regarder son amant, elle induit qu'il ne lui est pas interdit de l'entendre (p. 449 et 480). Cette âme si religieuse et si rigoureuse est aussi une âme amoureuse, et Balzac l'a répété sans cesse : toute passion est essentiellement jésuitique.

Quant à Fabrice, c'est lui qui très certainement porte le poids le plus lourd, par ce geste d'emprise sauvage, où se lit le refus de connaître la limite : prétendre, par un acte de violence, abolir la distance à l'objet, à l'Autre, s'approprier la jouissance — tel est le délire possessif, le vertige narcissique du désir[3]. D'aucuns, faisant observer justement que le coup de tête, ou de cœur, de Fabrice anéantissant *in extremis* l'équilibre qu'il a su

1. C.W. Thompson, *op. cit.*, p. 72.

2. Carol A. Mossman, *Politics and narratives of birth*, Cambridge University Press, 1993, p. 67.

3. S. Felman, *op. cit.*, p. 236.

conquérir est l'équivalent de la ruine soudaine de la réussite de Julien Sorel au moment où il croit avoir « fini son roman » et épousant Mathilde (avec cette différence capitale que ce qui est *imposé* à Julien par la lettre de Mme de Rênal est délibérément *voulu* par Fabrice), y voient la preuve de sa « persistante immaturité »; contrairement à ce qu'on aurait pu croire, même après la prison il reste infantile et continue à confondre l'apparence et la réalité, qui se venge : Fabrice veut feindre que son fils soit malade et meure, et il tombe malade et meurt[1] : c'est ce que Clélia terrifiée appelle « tenter Dieu » (p. 487). Nous croyons plutôt que la désastreuse inspiration de Fabrice ne relève pas de l'incurable irresponsabilité d'un étourneau prolongé, persuadé qu'il a une fois pour toutes la « baraka », et qui prend d'effroyables risques en se confiant à sa bonne étoile. Depuis longtemps il n'est plus ce feu follet. Son acte manifeste, nous semble-t-il, le retour d'un puissant refoulé; on peut l'envisager comme un lapsus, un acte manqué, c'est-à-dire réussi, dont la cruelle nécessité ne peut être comprise qu'en relation avec l'ensemble de l'intertexte stendhalien. Celui-ci, pour des raisons spécifiques à l'idiosyncrasie d'Henri Beyle, mais aussi pour des impératifs esthétiques (on ne peut pas dire le bonheur), se dérobe devant la plénitude et postule toujours, comme estampille définitive, la consécration de la catastrophe (ce n'est pas un hasard si la seule exception à laquelle on pourrait songer, celle de *Lucien Leuwen,* où les protagonistes devaient appa-

1. Roger Pearson, *Stendhal's Violin,* Oxford, Clarendon Press, 1988, p. 237-238 et 242).

remment s'épouser sans encombre — et avoir beaucoup d'enfants ? —, n'a pu prendre corps dans l'écriture...). Avec tout ce qui les distingue, il y a chez Octave, Julien, Vanina, Lamiel, Fabrice une violente pulsion vers la destruction, le souhait obscur de tout casser, parce qu'on sait que le bonheur n'est pas un état où l'on puisse s'aménager de douillettes pénates, qu'il vieillit mal (c'est bien pourquoi Mosca est le seul à vieillir, le malheureux), et que, lorsqu'on a eu le privilège et la joie de le rencontrer, mieux vaut en finir pour ne pas l'abîmer, en garder et en laisser une image radieuse et intacte [1]. Après « trois années de bonheur divin » (p. 484), la retombée est presque fatale, y compris romanesquement : il n'y a plus rien à dire ; l'absolu se confond avec la nullité. Comment aller au-delà ? En assassinant son fils, Fabrice se suicide, et s'ouvre à des entrevisions mystérieuses que la vie ne lui offrait plus. Sandrino paie cette vocation meurtrière au dépassement. Il *fallait* que l'innocent fût massacré.

1. C. W. Thompson, *op. cit.*, p. 195 et 200.

F. *FUGE, LATE, TACE* [2]

Plus on avance dans le roman, mieux on comprend la nécessité de ce Waterloo initial jugé parfois superfétatoire. Le « lyrisme cellulaire [3] » ne peut se déployer que si les structures épiques ont d'abord été démystifiées, reconnues non pertinentes. G. Durand a fondé toute son étude sur la bipartition entre deux « portants » parfaitement systématiques et contradictoires : le portant épique et le

2. « Fuis, cache-toi, tais-toi » (lu dans une cellule de la Grande Chartreuse par le héros du *Médecin de campagne* de Balzac).

3. V. Brombert, *op. cit.*, p. 75.

portant mystique, correspondant exactement à deux versants de l'imagination littéraire, le mouvement général de l'œuvre assurant la « reversion du héros épique en héros romanesque[1] ». L'adjectif « mystique » est lourd assurément de redoutables ambiguïtés ; à condition d'en nuancer la portée, nul doute cependant qu'on ne doive y recourir pour désigner une veine essentielle de la *Chartreuse,* qui peut et doit être lue *aussi* comme un itinéraire spirituel, remplissant peu à peu les promesses de ce titre « mystérieusement oraculaire[2] », qui tire doucement tout le récit vers son oméga de silence.

On ne saurait conférer trop d'importance à l'épigraphe, exceptionnelle à tous égards, que Stendhal choisit de placer en tête du chapitre II de la première partie. Ces dix vers, empruntés à Ronsard, évoquent des méditations sidérales, des vertiges devant des hiéroglyphes astraux. La révolution des planètes y est expressément comparée à un texte « en qui Dieu nous escrit, par notes non obscures, / Les sorts et les destins de toutes créatures / […]. Mais les hommes chargés de terre et de trépas / Méprisent tel écrit, et ne le lisent pas » (p. 34). Difficile, à l'orée du roman, de délivrer un mode d'emploi plus limpide : si les hommes sont des lecteurs distraits, ou superficiels, du Grand Livre des étoiles, où l'Auteur divin a pourtant semé pour eux des signes qu'ils ne savent pas interpréter, il en va de même pour le romancier, qui s'évertue à parsemer sa fiction d'avertissements, d'indices, dont les destinataires, pour la plupart, ne s'avisent même

---

1. *Op. cit.*, p. 173.

2. *Ibid.*, p. 55.

pas. Le bon lecteur de Dieu, comme le bon lecteur de Stendhal, sera l'herméneute subtil, le sagace déchiffreur de ce réseau sémiotique codé, de cette « langue sacrée » faite pour dépister le vulgaire, et dont le beylisme a toujours rêvé.

Ces considérations tiennent évidemment de près à la présence de l'abbé Blanès dans *La Chartreuse de Parme*, présence qui n'a pas semblé s'imposer à tout le monde, puisque Balzac conseilla tout uniment à Stendhal de le supprimer (« l'ouvrage ne perdrait rien à ce que l'abbé Blanès disparût entièrement...) [1] ; le pauvre fit mine de filer doux (« Je réduirai beaucoup le bon abbé Blanès »), ajoutant candidement : « Je croyais qu'il fallait des personnages ne faisant rien, et seulement touchant l'âme du lecteur [2]... » Gardons-nous de prendre à la lettre ces propos faussement pénitents. Blanès ne fait pas « rien », et ne saurait être considéré comme un figurant relevant du simple pittoresque. Certes, avec ses tuyaux bricolés, cet astrologue artisanal perdu dans sa marotte a un côté sympathiquement fêlé, mais ce n'est pas de cela qu'il s'agit. Il ne s'agit pas non plus de dire que les « annonces » de l'avenir ont surtout pour effet de dispenser commodément Fabrice d'une nécessaire introspection [3]. Blanès plaide pour un ordre caché de significations, un enchaînement secret des causes et des effets, sur lesquels il peut d'ailleurs se tromper (car c'est le propre même des oracles d'être équivoques, et comme disaient les Grecs : « le dieu qui est à Delphes ne cèle ni ne décèle, il fait signe »), mais qui agissent au cœur de

---

[1] R. Stéphane, *op. cit.*, p. 89.

[2] Lettre, *loc. cit.*, p. 402.

[3] A. Jefferson, *op. cit.*, p. 189 ; R. Pearson, *op. cit.*, p. 239.

nos vies et nous invitent à les questionner pour dépasser la ponctualité insignifiante de l'*ici et maintenant,* sonder les infrarouges et les ultraviolets de l'instant. Ronsard parlait de « notes non obscures ». Hélas, ou tant mieux, c'est plutôt de clair-obscur qu'il conviendrait de parler : quelque chose s'entrevoit dans la pénombre, susceptible de lectures plurielles. Dans ses vaticinations, Blanès prend soin de rester très prudent ; et d'ailleurs Fabrice ne croit pas à ses prédictions (p. 36). En revanche, il professe « une confiance illimitée » dans les présages. La distinction est essentielle : Fabrice n'adhère pas à l'annonce d'événements précis, il est persuadé que des influences s'exercent, qui peuvent incliner les destins sur un horizon plutôt que sur un autre, mais sans déterminisme mécaniste ; tout ce qui advient est précédé et nimbé d'une « marge prophétique [1] » qui ménage à la liberté individuelle un espace inaliénable, mais prolonge les actes qu'elle pose de radiations venues de plus loin. Stendhal prend bien soin de préciser qu'en aucun cas les présages ne peuvent prétendre se constituer en science *prouvée* (p. 164) ; pour Fabrice, plus qu'une mantique, c'est à la fois une poétique (car ils sont liés à d'heureux souvenirs d'enfance, dans le clocher du paternel abbé : « c'était sentir, c'était un bonheur ») et une religion, qui communique avec une foi spontanée et une métaphysique d'instinct.

Fabrice n'est pas une tête dogmatique. Ses maîtres ecclésiastiques se sont plutôt chargés de le confirmer dans sa pente à ne pas analyser (selon Stendhal, c'est le triomphe

1. G. Durand, *op. cit.*, p. 56.

des disciples de Loyola que d'empêcher les jeunes cerveaux de penser par eux-mêmes, p. 208). Ce n'est ni un esprit fort ni un mouton du troupeau obéissant aveuglément aux prescriptions de l'Église. Ce futur archevêque, à tant d'égards si indigne de ses fonctions (jusqu'à risquer de mourir déguisé à l'Opéra, de la joie de revoir sa maîtresse, p. 470), est aussi, dans l'âme, un croyant. Les étonnantes dévotions auxquelles il se livre, de manière appuyée et sans nulle fausse honte, à Saint-Pétrone de Bologne, pour rendre grâces d'avoir pu s'échapper après le meurtre de Giletti (p. 207-209), sont indemnes de toute hypocrisie ; une jaillissante abondance de cœur s'y répand avec effusion aux pieds d'une divinité féminine dont la maternelle égide est reconnue comme immédiate et sensible. Une note de l'exemplaire Chaper précise que Fabrice « avait pour la Madone des transports passionnés comme ceux que lui inspirait Gina Pietranera » (Pléiade, p. 1416). En Flandre, il aura des visions ou elles se superposent en lui tendant les bras (*ibid.*, p. 1394). Mélange sans doute « impur » du point de vue de l'orthodoxie, mais cette confusion des registres s'inscrit au plus vrai d'une expérience sinon de la religion, du moins de la religiosité dans laquelle baigne naturellement, et sans avoir même le soupçon qu'il puisse succomber à l'idolâtrie ou à la superstition, le vécu quotidien de cet Italien pour qui le catholicisme est comme l'arôme de l'existence. On en a des manifestations touchantes d'incongruité, comme ce grand signe de croix qu'il fait « du plus profond de son cœur », à son arrivée à Paris, ce qui le désigne aussitôt comme... Chouan aux yeux de son postillon, ancien dragon de l'armée de la Loire (p. 540). C'est à pareil « détail » qu'on mesure le gouffre entre deux histoires, deux cultures. Mais ces traits vont prendre une prégnance singulière à partir de l'emprisonnement à la tour Farnèse, c'est-à-dire à partir de son commerce avec une âme d'une tout autre trempe spirituelle.

Clélia n'a pas avec le monde la relation souple, active, ouverte, euphorique de Fabrice. Peut-être parce que orpheline, à cause de la position et de la personnalité de son père aussi, de son cadre de vie enfin, elle est d'emblée en retrait, on dirait presque : en retraite — ce n'est pas un hasard s'il y a quelque chose de conventuel dans la règle et la solitude de la forteresse (p. 269). Que faire en une prison, à moins que l'on ne contemple ? La tentation de la vie religieuse, à laquelle il est fait mainte allusion (p. 268, 318, 325...), n'est pas ici l'une de ces afféteries dont ne sont guère avares les héroïnes littéraires lorsqu'il s'agit de se rendre intéressantes ou de faire chanter leur entourage. L'authenticité indubitable de la spiritualité de Clélia va peu à peu, par contagion, réverbération, agir sur Fabrice, lui donner accès à des régions essentielles où il n'avait pas encore pénétré. Tout un semis de signes scande le parcours du catéchumène : Clélia lui fait parvenir un pain marqué de croix (eucharistique ? p. 330) ; elle lui transmet un message dans les marges d'un bréviaire (p. 330) ;

plus tard, il communiquera avec elle par le truchement d'un saint Jérôme (p. 389) ; l'évasion semble mobiliser des forces transcendantes : Clélia se sent animée d'une « force surnaturelle » (p. 433), expression déjà employée à propos de Fabrice lui-même, lorsque, habillé en prêtre, tandis que Clélia s'abîme en oraisons, et après s'être signé comme il se doit, il entreprend, comme une « cérémonie », la périlleuse descente qui le délivre de la geôle chérie.

Le chemin vers Clélia se confond-il donc avec le chemin vers Dieu ? Il n'est pas aisé de répondre. D'une part, il est clair que c'est par Clélia et pour elle que Fabrice atteint à une qualité d'être dont il n'avait guère approché. Stendhal souligne la tendance capitale lorsqu'il note qu'à partir du moment où il est séparé de Clélia, Fabrice « développ[e] un caractère tout à fait semblable » au sien (p. 450). On peut juger que les moyens auxquels il recourt pour rétablir le contact avec elle sont entachés d'une pénible mondanité : et les séances d'homélies à Sainte-Marie-de-la-Visitation (une église dédiée à cette Vierge à la fois si douce et si sévère — par le vœu de Clélia — où se lit une fois de plus l'ambivalence de la figure féminine inhérente à la *Chartreuse* et au mythe personnel de Stendhal), séances où l'orateur, confondant la chaire avec l'Opéra et rivalisant de vocalises avec le *tenorissimo* à la mode (p. 470-472), devient une sorte de saint à succès (p. 451), ont de quoi paraître douteuses : le profane y parasite le sacré et l'étouffe. Cela précisé, on ne peut valablement récuser la profonde transformation visiblement opérée en un Fabrice qui, même s'il emploie des moyens histrionesques, *ne joue pas.* Cet anachorète ravagé, consumé (p. 453 et 482) n'a plus rien à voir avec celui qu'il fut : il est passé au feu de l'épreuve, la souffrance a exsudé de lui toutes les scories, il ne lui reste que la quintessence : il n'est plus qu'Amour. Qu'il s'agisse de l'amour de Clélia beaucoup plus que de l'amour de Dieu, c'est bien certain : la désinvolture avec laquelle, en un tournemain, il se débarrasse de sa défroque de nouveau Chrysostome lorsqu'il est enfin parvenu à son but — « adieu les prédications », p. 483 — est plus éloquente que toute son éloquence. Mais c'est peut-être aussi que le désir total (corps et âme) pour Clélia ne se distingue pas de ce plus haut Désir qu'on ne peut nommer que Dieu.

Mystique, la quête l'est bien aussi dans la mesure où ce qui pousse toute créature à parfaire son être, à retrouver l'unité et le sens dans une autre créature, est aussi foncièrement aspiration à une Totalité, élation vers un bien absolu. Lorsque, dans les marges du saint Jérôme, patron des traducteurs, Fabrice rédige un journal de son amour (p. 389), les images dont il se sert sont forcément à double sens, et peuvent s'entendre aussi bien de l'homme ayant soif de la femme que de l'âme soupirant après son Dieu : de tout temps, la poésie amoureuse (et ici Fabrice renouvelle le *Cantique des Cantiques*[1] non moins que Pétrarque), la philosophie (on a pu voir dans la fin de la *Chartreuse* « une merveilleuse transposition littéraire du

---

1. Jean Sarocchi, « L'âme de *La Chartreuse* », in « *La Chartreuse de Parme* » *revisitée, loc. cit.,* p. 170.

Phédon »)[1] ont exploité les sublimités de cette équivoque, où se donne à rêver l'un des mystères les plus nobles de l'espèce. Un certain Fabrice a été anéanti, par quelque chose qui a tous les traits d'une ascèse. Un autre renaît de ses cendres, qui sait qu'il n'a pas d'autre vocation que d'aimer cette femme en ce monde et d'espérer la retrouver dans l'autre, et qui croit que l'autre monde n'aura pas d'autre paradis à offrir que la réunion de ceux qui se sont aimés.

Pour reprendre la jolie formule de J. Green à propos de Gide, Stendhal est « un athée qui a des doutes ». Son rationalisme a toujours préservé ce qu'on pourrait appeler l'« exception fénelonienne » (et Fabrice est comparé au doux évêque de Cambrai, p. 452), ce coin d'inconséquence et de faiblesse peut-être, mais de tendresse surtout, définie comme « modulation harmonique du moi[2] », dont il a absolument besoin pour croire, ou se faire croire, qu'il y a malgré tout un Dieu bon, et que la mort n'est pas la séparation définitive d'avec ceux qui nous ont été chers. La *Vie de Henry Brulard*, les dernières interrogations de Julien Sorel dans sa prison bisontine portent suffisamment témoignage de ce « total quiétisme amoureux » qui donne au sec Stendhal tant de velouté et de « moelleux[3] ». Bien sûr, Fabrice n'est pas Rancé, et on n'est ni chez Huysmans ni chez Bloy. Mais, contrairement à ce qu'on a dit parfois, la Chartreuse ne surgit pas brusquement, artificiellement, de manière plaquée, aux dernières lignes du roman. Elle est annoncée de longue main. Il n'y a pas de brutale *metanoia*

1. M. Guérin, *op. cit.*, p. 238.

2. J. Sarocchi, *art. cit.*, p. 171.

3. J. Gracq, *op. cit.*, p. 65.

(retournement), mais une lente conversion qui, à travers des espaces constrictifs emboîtés (le clocher, la tour, l'orangerie, la Chartreuse), conduit le héros à l'infinie libération intérieure, à la pure dépossession, dans la contemplation à distance de l'Autre, comme le chevalier courtois contemple sa dame[1], comme le fidèle contemple Dieu. Fabrice, essoré, ne souhaitait plus entendre la voix humaine, pour être davantage à son absorption spirituelle (p. 466) : le dialogue muet avec Clélia s'évase en *Sacra Conversazione*, comme un fleuve se fond dans la mer.

Cette « odyssée régressive[2] » est aussi une assomption, et ce livre qui, à l'inverse de *Henry Brulard*, part de la clarté éclatante pour finalement s'assombrir[3], meurt tout de même dans l'une de ces belles lumières dorées dont Baudelaire disait : « Que les fins de journées d'automne sont pénétrantes ! Ah ! Pénétrantes jusqu'à la douleur[4] ! » C'est en *settembrino*, comme il se doit, que Barrès viendra respirer Parme[5]... Bien sûr, on peut soutenir que « la contemplation solitaire et passive, dans laquelle Fabrice résume tout ce que lui ont appris les jeux, l'amour, la religion et l'art, n'est moralement pas une victoire décisive[6] ». Il a fallu la mort, et comment en prendre son parti ? Pourtant, s'il est vrai à la fois que chez Stendhal l'amour est « une minutieuse répétition générale de la mort » et que la mort « est la continuation de l'amour par d'autres moyens[7] », il n'est pas de désespoir possible. Au stade ultime de l'amoureuse initiation, Fabrice, par la grâce et la bénédiction de Clélia, d'« âme dans les

---

[1]. G. Durand, *op. cit.*, p. 198.

[2]. R. André, *op. cit.*, p. 56.

[3]. P.-L. Rey, *op. cit.*, p. 61.

[4]. *Le Confiteor de l'Artiste*, in *Le Spleen de Paris*.

[5]. *L'Automne à Parme*, in *Du sang, de la volupté et de la mort* (1893).

[6]. C. W. Thompson, *op. cit.*, p. 187.

[7]. Micheline Levowitz-Treu, *L'Amour et la mort dans l'œuvre romanesque de Stendhal*, Aran, Éditions du Grand Chêne, 1978, p. 173 ; M. Guérin, *op. cit.*, p. 239.

nues » qu'il était d'abord, est devenu « une âme nue[1] », entre quatre murs, dans la chambre royale (tabernacle ?) du labyrinthe, seul face à la présence-absence du seul Visage, de l'autre côté du miroir : est-ce cela qu'on appelle prier ?

1. J. Sarocchi, *art. cit.*, p. 175.

Dieu reconnaîtra les siens.

IV L'ÉLIXIR DE STENDHITALIE

On entre dans une œuvre comme dans un pays. Au-delà d'une aimable trouvaille, c'est une grande vérité de l'expérience littéraire que l'on dégage lorsque avec Alain on évoque la « Balzacie », ou la « Stendhalie » avec Gracq : dans un univers romanesque fort, cohérent, gagé sur une vision originale soutenue par des structures imaginaires ayant leur logique propre et réellement fondatrices, on pénètre comme sur un territoire autonome, avec son oxygène à lui, ses paysages spécifiques, ses us et coutumes et ses types. Un artiste sécrète sa patrie. Que la Stendhalie soit, non pas exclusivement, mais pour une grande part une *Stendhitalie*, c'est l'évidence même, tant la vie réelle et la vie rêvée d'Henri Beyle ont trouvé en Italie terrain, terroir, terreau où puiser les sucs de l'identité et s'épanouir en toute liberté. L'essentiel de Stendhal s'est constitué dans ce dialogue permanent et passionné avec ce versant méridional de lui-même, cet adret qui n'est pas tout de lui, mais a bien été son espace de référence fondamental, celui qui oriente et vectorise toute son appréhension des choses.

Que dans ce contexte *La Chartreuse de Parme* jouisse d'un statut tout à fait éminent, en tant qu'œuvre italianissime, d'une italianité en quelque sorte maximale et insurpassable (Balzac en disait : « Et tout est italien à faire prendre la poste et courir en Italie... », et selon Zola, c'est « certainement le seul roman français écrit sur un peuple étranger, qui ait l'odeur de ce peuple [1] »), cela va de soi. Une formule apparemment facile comme celle de J. Prévost (« c'est l'enfant imaginaire que Stendhal a fait à sa maîtresse l'Italie [2] » — un enfant qui grandira, parce qu'il est italien !) énonce aussi une vérité. Le caractère sinon testamentaire de la *Chartreuse,* du moins de message délivré par un quinquagénaire qui cueille un fruit longuement venu à terme, la leste d'un indiscutable poids d'authenticité (entendons bien : d'authenticité stendhalienne bien plutôt que d'authenticité italienne, qui ne nous intéresse pas d'abord ; nous étudions un fantasme de créateur, non un dossier de sociologue ou un reportage de journaliste).

Que cette quintessence si précieusement « déposée » par le temps trouve à se distiller... à Paris n'est un paradoxe qu'en apparence. Deux raisons complémentaires peuvent expliquer cet « écart » *a priori* curieux. Il paraît d'abord incontestable que Stendhal, qui s'ennuie à mort à Civita-Vecchia, dans

---

1. R. Stéphane, *op. cit.*, p. 62 et É. Talbot, *op. cit.*, p. 256.

2. *Op. cit.*, p. 352.

son bout du monde consulaire, sans être blasé ni « décristallisé », n'éprouve plus autant d'enthousiasme ni de curiosité à l'égard d'une Italie qu'il a le sentiment de connaître à fond ; il ressent comme une fatigue, n'est plus aussi surpris ou enchanté qu'autrefois : « J'ai tant vu le soleil[1] ! » On comprend donc qu'une mise à distance puisse lui être nécessaire, pour ressaisir grâce au recul un *genius loci* qui, sur place, s'est quelque peu éventé pour lui. On a dit à juste titre que la *Chartreuse*, c'est *Le Temps retrouvé* de Stendhal[2]. La référence à Proust s'avère pertinente à plus d'un titre, et peut-être essentiellement à cause de cette distanciation (pour rendre avec des mots, au plus juste, la fragrance des lilas, il faut en être séparé par une vitre et surtout ne pas la respirer : et c'est seulement ainsi qu'en sera réinventée la senteur). Il fallait quitter l'Italie réelle pour mieux la recréer en un lieu qui lui fût profondément étranger : c'est de loin que pourra se décanter, non pas *pour solde de tous comptes* (car avec l'Italie, jusqu'au dernier jour il n'en aura jamais fini), mais comme bilan provisoirement définitif, la reconnaissance de dette de Stendhal. On dirait que, dans ce *thesaurus*, cette œuvre-somme foncièrement synthétique, il a voulu fondre ce qu'il a le plus aimé ; l'Italie tout entière rassemblée dans son histoire (de Tibère dont on exhume le buste à Napoléon en passant par les Sforce), dans sa culture littéraire (de l'Arioste à Goldoni en passant par les sonnets de Ludovic, la pantomime *Arlequin squelette et pâté*, où brille Giletti, ou le théâtre de marionnettes), dans

1. Lettre à D. Fiore, 1ᵉʳ novembre 1834 (*Correspondance*, Pléiade, t. II, p. 718).

2. M. Guérin, *op. cit.*, p. 171.

sa musique, dans sa peinture, et d'abord dans son caractère : bref une sorte d'anthropologie romanesque intégrale de l'*homo italicus*.

A. TRAITÉ DES PASSIONS

On pourrait considérer la *Chartreuse* comme une lecture en acte de la « différence » italienne, que Stendhal n'a cessé d'ausculter, dans le sillage d'une tradition philosophique dix-huitiémiste et d'un comparatisme des mœurs qui, de Montesquieu à Mme de Staël, avait depuis longtemps ses lettres de noblesse (« il me semble que toutes les fois qu'on s'avance de deux cents lieues du midi au nord, il y a lieu à un nouveau paysage comme à un nouveau roman », p. 20). Disséminée chez lui, il y a la matière d'un énorme recueil d'observations sur l'*habitus* italien, appréhendé dans tous ses aspects, psychologique, éthique, sexuel, idéologique, religieux, esthétique, linguistique, mais aussi au ras de la quotidienneté (codes et comportements sociaux, manières de table, etc.) : de quoi colliger un traité exhaustif sur l'éthologie de l'Italien, une « physiologie » à la Balzac ne laissant dans l'ombre aucun trait de cet étrange animal unique en son genre et qui, dans le camaïeu de plus en plus terne de l'Europe, accuse des caractéristiques plus saillantes, refuse le nivellement imposé par le conformisme du Nord, vaut en somme par son archaïsme.

(Et ici on voit bien comment le bât blesse ; pour que l'Italie continue à être originale, il faut qu'elle continue à être privée des instruments de la modernité politique : ce budget et cette Chambre que F. Palla appelait de ses vœux... La singularité s'achète au prix de la liberté et de l'anachronisme.) Certains lecteurs ont nié que le roman eût la moindre validité comme constat de l'Italie telle qu'en elle-même après 1815 : sans parler de Sainte-Beuve, qui n'y voit qu'une « spirituelle mascarade », ajoutant : « La part de vérité de détail, qui peut y être mêlée, ne me fera jamais prendre ce monde-là pour autre chose que pour un monde de fantaisie[1] », Zola considère qu'il s'agit là d'une œuvre historique aussi improbable que le décor médiéval d'un certain romantisme (« j'ai grand'peine à accepter l'Italie de Stendhal comme une Italie contemporaine ; selon moi, il a plutôt peint l'Italie du XVe siècle [...] ; rien ne détonne plus avec l'idée que je me fais de l'Europe en 1820. Je me trouve là en plein Walter Scott, la rhétorique en moins »)[2]. Balzac, lui, suggérait au contraire, comme sous-titre possible, « L'Italien au dix-neuvième siècle[3] », contresignant ainsi la valeur de diagnostic du roman, campant même Fabrice en archétype de son temps.

Pour Stendhal, il existe une sorte d'italianité *in se*, transhistorique : le tuf psychologique et moral de la « nation » italienne (qui n'existe pas encore dans les institutions, mais est bel et bien une réalité, au-delà de l'atomisation des frontières et des régimes, et de tout ce qui fait évidemment qu'un Turinois ne

---

1. É. Talbot, *op. cit.*, p. 167.

2. *Ibid.*, p. 256.

3. R. Stéphane, *op. cit.*, p. 90.

sera jamais un Palermitain) ne change pas à travers les aléas de la durée. Il s'est fortement constitué dans les convulsions d'un Moyen Âge violent, et reste fidèle à soi dans l'environnement mou et tiède qui est désormais le sien, ayant replié dans la sphère privative l'intensité des pulsions qu'il ne peut plus déployer dans les causes civiques. Sur ce thème, Stendhal a inépuisablement disserté, et dans une certaine perspective *La Chartreuse de Parme* en est le couronnement fictionnel. Comme le chanoine Borda qui, bien qu'ami des Autrichiens, ne peut s'empêcher d'admirer l'équipée impériale de Fabrice (« Il y a encore des âmes en Italie ! », p. 103), il est persuadé que l'Italien a su résister à l'aplatissement anglo-saxon qui semble désormais le destin des pays développés, et cette conviction occupe une place centrale dans la réflexion endurante qu'il a poursuivie sur la notion de civilisation.

À propos de la chronique sur *La Jeunesse d'Alexandre Farnèse*, sous jacente à la *Chartreuse*, il commente en ces termes où s'affirme la dimension polémique de son parti pris : « quelques personnes prendront peut-être la liberté de croire que cette civilisation-là valait celle qui fait notre orgueil au XIXe siècle. Mais nous avons de plus deux bien belles choses : la décence et l'hypocrisie. […] Notre pruderie n'a pas la plus petite idée de la civilisation qui, à cette époque, a régné dans le royaume de Naples et à Rome. Il faudrait un courage bien brutal pour oser l'expliquer d'une façon claire. Mais, par compensation, toutes nos vertus *momières* eussent semblé complètement ridicules aux contemporains de l'Arioste et de Raphaël : c'est qu'alors on n'estimait dans un homme que ce qui lui est personnel, et ce n'était pas une qualité personnelle que d'être comme tout le monde ; on voit que les sots n'avaient pas de ressources » (p. 526-527). « Le monde était jeune », ajoute-t-il.

Disons qu'au XIXe siècle, où les jeunes gens naissent chenus, l'Italie reste en Europe cette enclave, cette réserve ultime (dans tous les sens du mot : réservoir, mais aussi réduit où une peuplade assiégée de toutes parts est vouée à se résorber sous la pression de l'incompréhension ou de l'hostilité ambiante, qui sont celles-là mêmes du « progrès ») où l'on peut goûter encore cette *primitivité* (mot que le roman applique à Blanès et Fabrice) qui, pour quelques êtres d'élite, est devenue le luxe suprême.

Et c'est bien en ce sens qu'étant un livre sur l'Italie, la *Chartreuse* ne peut être qu'un livre sur la jeunesse ; et qu'elle ne pouvait économiser une confrontation avec ce qui n'est pas elle, et la fait d'autant mieux ressortir. Que Fabrice soit un métis franco-italien inscrit cette dualité dans ses gènes, mais en trompe l'œil, car ce qu'il a de français, c'est justement... ce qu'il y a de plus italien : l'élan impétueux d'un jeune officier corse, réaffirmé en dépit de tout sous la lourdeur d'un monarque ventripotent. Manière pour Stendhal de rêver, comme il l'a fait si obstinément pour son propre compte, qu'on peut être des deux côtés des Alpes *à la fois*. Cela dit, toute l'expérience française de Fabrice est, à peu près sans exception (il y en a : la vivandière, Aubry, le Baron), une déception systématique :

les Français n'ont plus le feu sacré. Waterloo met en scène très précisément, à coups de détails révélateurs, cette « étrangèreté » constitutive de l'Italien qui s'étonne, ne comprend pas et n'est pas compris. Ce petit cours d'ethnologie appliquée n'est pas superflu : par élimination, il dégagera *le cœur du sujet*.

Ce cœur est évidemment passionné, puisque tel est le charisme italien absolu. Passionné, c'est-à-dire immédiat : dans un café de Genève, Fabrice, emporté par un mouvement « tout à fait du XVIe siècle », tire son couteau et se jette sur un garçon « flegmatique, raisonnable et ne songeant qu'à l'argent », dont il a cru qu'il le regardait de façon singulière (p. 91) : rencontre de deux mondes incompatibles et non synchrones, « choc culturel », dirions-nous aujourd'hui. De même, tout coadjuteur qu'il soit, il est prêt à sortir de dessous sa moire le poignard offert par Clélia pour aller en trucider devant tout le monde le marquis Crescenzi, comme n'eût pas manqué de le faire son ancêtre Borso Valserra (p. 455) ! Ces anecdotes, ces bouffées réprimées, loin d'être puériles, disent une vérité profonde sur la véhémence native de la libido italienne, qui ne connaît d'autre loi que l'assouvissement instantané. L'Italie a échappé à la glaciation par le convenable, la morale qui, comme une chape de plomb, se sont abattus sur l'Europe. Elle s'éclabousse spontanément dans la plus joyeuse des immoralités, identifiée au cri même de la nature.

Il faut en convenir : les protagonistes de la *Chartreuse* ne se comportent nullement selon les prescriptions du catéchisme admis : ils trouvent, par exemple, comme Gina, une volupté puissante à se venger (et, en voix *off*, Stendhal glose : « Je croirais assez que le bonheur immoral qu'on trouve à se venger en Italie tient à la force d'imagination de ce peuple ; les gens des autres pays ne pardonnent pas à proprement parler, ils oublient », p. 368). Dès l'Avertissement, il fait mine de s'excuser et « déclare hautement » qu'il « déverse le blâme le plus moral » sur beaucoup des actions qu'il va raconter ; les aventures de la duchesse, il le répète et c'est même son dernier mot, « sont blâmables » (p. 20). Le stendhalien un peu aguerri n'aura aucun mal à lire comme il convient ces préliminaires destinés à écarter les indignes (il n'y a pas qu'à la cour de Parme que « l'imbécile foisonne » !), et qui ne manqueront pas d'avoir sur lui l'effet désiré, c'est-à-dire fortement attractif. Le bon usage de ces précautions retorses sera d'ailleurs livré un peu plus tard lorsque, tout à trac, Stendhal s'arrête et se demande : « Pourquoi l'historien qui suit fidèlement les moindres détails du récit qu'on lui a fait serait-il coupable ? Est-ce sa faute si les personnages, séduits par des passions qu'il ne partage point malheureusement pour lui, tombent dans des actions profondément immorales ? » (p. 120). Dans la même phrase une vertueuse protestation se voit démentie par une incidente qui l'annule formellement : une incontestable immoralité est désignée comme objet de plaisir, de désir, comme valeur supérieure à la moralité. *La Chartreuse de Parme,* d'un bout à l'autre, célèbre ce renversement scandaleux : le bonheur italien (pléonasme) se fonde sur les ruines des décalogues (celui de Dieu et celui de la société). Jouissance vaut légitimation. Ainsi l'Italie offre-t-elle le milieu le plus favorable au beylisme et à son premier et unique commandement : tu oseras être toi.

B. *LUOGHI AMENI*

L'épigraphe de la première partie de la *Chartreuse*, empruntée à l'Arioste, assigne précisément aux « lieux agréables » l'invitation à *empir le carte*, « noircir du papier » (p. 17). C'est parce que en Italie le monde est beau que l'écrivain se sent sollicité à produire ; un lien génétique direct est postulé entre le paysage et l'émergence du texte. On a rappelé qu'étymologiquement *amoenus* vient de *amare*, et plus lointainement de *amma*, ou *mamma* : la mère [1]. Voilà de quoi ravir les psychanalystes, et on ne se fera pas faute d'en rajouter, en observant que le lac de Côme, justement qualifié de « matrice du sublime [2] », affecte avec son Y renversé la forme d'un sexe de femme : lieu originaire du désir et de la fiction, inextricablement mêlés. L'importance et la fonction du thème lacustre dans l'économie du roman semblent illustrer à merveille les analyses classiques de Bachelard sur la féminité aquatique, l'éternelle naissance de Vénus dans l'écume : scènes revécues dans la chute dangereuse de Gina parmi les flots et son sauvetage par

1. M. Guérin, *op. cit.*, p. 213.

2. S. Serodes, *art. cit.*, p. 296.

Fabrice (p. 43). Tel que Stendhal l'évoque, le lac de Côme est un décor homogène et totalisant, qui réunit en lui des aspects opposés : une branche gracieuse, une branche sévère, le calme et la tempête (que la duchesse, toujours amoureuse du grand spectacle et devançant Sarah Bernhardt à Belle-Île, veut observer au milieu même des éléments déchaînés). Il s'y goûte un mixte exquis et parfaitement harmonieux de cru et de cuit, de nature et de culture : l'attristante pensée de la propriété et du revenu en est bannie (contrairement à Genève), les arbres y poussent en vigoureuse liberté, c'est une sorte de jardin premier et intact et en même temps l'humanité l'a parsemé d'interventions discrètes, de villages, de villas qui s'y inscrivent sans l'abîmer. Les plans successifs du relief s'y déploient avec une imagination pittoresque qui relève de l'opéra : mais la toile peinte est vraie, ce petit canton de l'univers ressemble à une illusion de théâtre. C'est aussi un berceau de littérature ; comme aux Échelles [1], on y situe les épisodes les plus touchants du *Roland furieux* et de la *Jérusalem délivrée* : « la nature est textuelle [2] ». De l'eau, de la végétation, des montagnes, des échos de musique et de poésie, un espace ample et qu'on dirait composé par l'art, qui respire dans toutes ses dimensions et se perd vers le point de fuite d'un horizon neigeux : il y a là quelque chose de comblant pour le regard stendhalien qui y retrouve, enrichies par la magie de la liquidité, certaines des impressions les plus ineffaçables de l'enfance à Grenoble (on ne contemple pas impunément

---

1. Cf. le chapitre XIII de *Brulard*, et notre article « Les Échelles du Paradis », *L'Arc*, n° 88, 1983.

2. M. Crouzet, « Sur la topographie de *La Chartreuse de Parme* et sur le rapport des lieux et des lieux communs », in *Espaces romanesques*, PUF, 1982, p. 112.

pendant tant d'années, à l'horizon, les dentelures si scéniques du massif de Belledonne, qu'un italomane ne pouvait bien évidemment qu'entendre à l'italienne : *Belle Donne*...). Entre profondeur et verticalité s'ouvre pour l'œil et pour le rêve un volume parfaitement satisfaisant, animé et plastique, une sorte de caisse de résonance idéale pour les vibrations du « plectre » émotif (exactement pour les mêmes raisons que, pour Stendhal, la femme est le « plectre » de l'homme)[1].

Ce qui ne trompe pas, c'est que le lac est, dans la *Chartreuse,* le point d'aimantation essentiel des très rares visitations de lyrisme paysager. Stendhal répugne profondément, on le sait, à abuser de la chanterelle ou d'un *rubato* indiscret ; son vieux contentieux avec Chateaubriand tourne autour de ce qui lui semble une véritable obscénité descriptive (il dira à Balzac : « Permettez-moi un mot sale : je ne veux pas branler l'âme du lecteur »)[2]. Cela posé, les choses sont beaucoup moins simples que tant de déclarations péremptoires pourraient le laisser penser[3] ; il y a chez Stendhal, combattue, une pente vers Chateaubriand, de même qu'il y a un Rousseau refusé. Le rarissime nocturne, au moment du retour clandestin de Fabrice (p. 161-162), réécrit la cinquième *Promenade* du rêveur solitaire, et, plus généralement, l'increvable fantôme de Jean-Jacques, pourtant si souvent condamné pour usage intempérant de la pédale, et toujours ressuscité (qu'on songe au pèlerinage fétichiste de la fin de *Leuwen,* où un fils de banquier, polytechni-

---

1. *Journal,* 6 mars 1840 (Pléiade, p. 371).

2. Lettre, *loc. cit.*, p. 400-401.

3. Cf. P. Berthier, *Stendhal et Chateaubriand. Essai sur les ambiguïtés d'une antipathie,* Genève, Droz, 1987.

cien, grand commis de l'État, écrase une larme furtive devant... le lit de *maman* !), hante impalpablement les bords heureux de Grianta. Pour obéir à certaines suggestions, Stendhal avait l'intention d'injecter pour une édition ultérieure des séquences descriptives (« Ces choses m'ont tant ennuyé chez les autres ! J'essaierai »)[1].

1. Lettre à Balzac, *loc. cit.*, p. 403.

Il a commencé à le faire, et l'on sent que si cela ne lui a pas coûté, c'est que le lac était pour lui porteur d'un enchantement inépuisable, le visage de la terre lui offrant là, comme par miracle, un cadre répondant parfaitement aux besoins de sa *forma mentis*, à ces noces paradoxales de la connaissance et de la tendresse, pour citer le titre de l'étude de J.-P. Richard dans *Littérature et Sensation*, qui trouvent à s'accomplir dans le brouillard diaphane voilant les pics lointains, et qui lorsqu'il se déchire, dans la tonicité d'« un air vif et glacé », permet d'en distinguer « avec netteté la moindre déchirure » et presque de voir « sauter les chamois » (p. 551). Fabrice et Gina entretiennent avec le lac (« notre lac », p. 185) une relation véritablement nourricière ; ils en sont les enfants (« ce lac sublime où je suis née », p. 41) ; ils s'y ressourcent, s'y réapproprient ; tout part du lac, mais tout n'y retournera pas. C'est sans doute par une profonde nécessité imaginaire que la première rencontre avec la toute jeune Clélia se fait non loin de Côme : d'une manière ou d'une autre, il faut, ne fût-ce que tangentiellement, que les deux figures féminines aient *ensemble* un contact avec cet espace du départ, qui ne sera pas celui de l'arrivée ou du retour définitif. Il est caractéristique en effet qu'à partir du moment où Clélia apparaît et s'impose au premier plan, le lac auquel Gina est intrinsèquement liée s'éloigne et s'abolit. Non seulement le lac de Côme, où l'on ne reviendra plus, mais, dirait-on, le monde lacustre en soi : rien de plus symbolique à cet égard que les mornes séances de canotage sur le lac Majeur après l'évasion de Fabrice (p. 386) ; les eaux semblent avoir perdu tout pouvoir ; un seul être manque à Fabrice, et le lac et Gina sont complètement décharmés.

La minéralité massive de la tour Farnèse, qui enferme Clélia, pourrait apparaître d'abord comme le contraire même de la fluidité bienfaisante de Grianta, si Stendhal ne prenait soin de transfigurer cette construction/constriction piranésienne en l'aérant, c'est-à-dire en la niant, par la trouvaille osée (aux yeux des stricts géographes) de la vue panoramique jusqu'aux Alpes, où se retrouvent quasi littéralement les joies contemplatives de l'horizon lombard (p. 304). Par un retournement inattendu ou au contraire puissamment logique, pour permettre à Clélia de combattre sa rivale à armes égales, la prison, en un vrai coup de théâtre, se fracture et s'ouvre béante sur la plus immense, la plus libre des visions. Et bientôt, forcément, comme au troisième acte de *Tosca* sur la terrasse de ce château Saint-Ange qui a peut-être inspiré la forteresse parmesane, *luceran le stelle...* Ainsi, mystérieusement, Parme rejoint Grianta, Clélia a *quand même* quelque chose de Gina ; elle se fera inévitablement contre elle, mais ne pouvait pas ne pas en quelque manière communier avec elle : il fallait éviter toute rupture de Fabrice avec son enfance, affirmer à travers ses métamorphoses l'unité imaginaire du moi.

Quant à Parme elle-même, ce n'est rien ou à peu près, rien de concret en tout cas : une pure signalétique presque intégralement abstraite. J. Gracq, opposant Stendhal à Balzac, s'interroge sur « cette fissure béante : *Quid* du palais qu'habite la Sanseverina ? de l'odeur des rues de Parme[1] ? ». Stendhal nous a fait ailleurs des confidences presque déjà proustiennes sur la puissance remémorative qu'avaient pour lui le remugle du crottin ou le goût des côtelettes panées depuis son arrivée à Milan en 1800. Rien de tel dans le roman, où l'on a pu parler de « dévaluation du réel[2] ». Plutôt que dévalué, le réel est, pourrait-on dire, *supposé* par des indications minimalistes. Mis à part la citadelle, Parme, avec ses palais et églises interchangeables, Sacca avec ses « bois obligés », ne « prennent » pas comme lieux poétiques forts. Ils sont simplement impliqués, par le peu qu'on en dit ; ce sont des utilités, pas très différentes au fond des écriteaux expéditifs situant l'action sur les tréteaux du Théâtre du Globe, et qui suffisaient comme support d'images tout intérieures au public élisabéthain. Stylisé, épuré, cet environnement d'une retenue extrême n'en donne que plus de prix et d'émotion aux rares échappées où la saveur physique des choses se donne à saisir. Même dans ses « livres de voyage », Stendhal a toujours soigneusement évité les

[1] *Op. cit.*, p. 32.

[2] J. D. Hubert, « Notes sur la dévaluation du réel dans *La Chartreuse de Parme* », *Stendhal Club*, n° 2, 1959-1960.

écueils de la « littérature touristique », qui s'épuise en une sotte extériorité. L'Italie de la *Chartreuse* n'est pas celle du Baedeker. Plus que de paysages, elle se constitue du tissu infini de « petits faits vrais » de comportement, d'esprit et d'âme ; et tout se passe comme si c'était cette italianité intérieure qui, dans ses moments privilégiés, suscitait, par une sorte d'expansion irrépressible dans la réalité, le décor où elle se réfléchit.

« J'arrive. Et tout me déçoit. De tout ce que je cherche à Parme, ne trouvant rien, c'est à peine si je m'y retrouve.

J'erre en vain dans la chaleur sèche qui crie. Je tourne sous un soleil dur et fixe. Le jour est blanc comme l'acier. Le pavé brûle.

— Où est la Chartreuse ?

On me rit au nez :

— Quelle Chartreuse ? On ne connaît pas de Chartreuse ; les ordres religieux sont dispersés.

— Hé, il s'agit bien de moines ! Je sais que ma Chartreuse n'est point ici ; mais la tour, où est la tour ?

— Il n'y a point de tour ; point de palais Contarini.

— Au diable ! il n'y a donc plus de Parme ? *Via !*

[...] Parme n'est point à Parme, dit Stendhal ; elle est toute où je suis. »[1].

---

1. André Suarès, *Voyage du Condottiere,* Émile Paul, 1956, p. 72-73.

C. ÉCRIRE COMME ON CHANTE

Depuis certaine soirée initiatique de Novare où une soprano brèche-dent, qui ne devait pas être bien fameuse, a révélé au jeune Henri la volupté lyrique (encore un pucelage de perdu, et non le moindre : comptons pour rien les ariettes au vinaigre péniblement chevrotées par Mlle Kubly au théâtre de Grenoble), l'opéra s'est installé définitivement, souverainement, au cœur de l'être stendhalien, de sa manière de vivre et de sentir. Pas d'opéra sans Italie, pas d'Italie sans opéra, parce que c'est ce pays qui a donné naissance au genre, parce que c'est là qu'il fleurit pour un public passionné et connaisseur, parce que la vie sociale ne peut s'en passer, parce que, même lorsque le compositeur n'est pas italien, c'est sur des paroles italiennes qu'il compose sa musique (ainsi ce *Don Giovanni,* opéra des opéras, dont Stendhal dit qu'il ferait dix lieues à pied par la crotte pour l'écouter)[1]. *La Chartreuse de Parme* doit forcément réserver une place à cette création essentielle de la civilisation transalpine, c'est inévitablement un roman musical et vocal.

Italiens, les protagonistes fréquentent bien entendu l'Opéra, et surtout ce *Teatro lirico assoluto* qu'est la Scala de Milan, qui fut pour Stendhal, un de ses habitués les plus assidus, une emblématique boîte à rêves et un irremplaçable laboratoire de sensations, donc de pensées[2]. Gina y vient souvent — « mon beau théâtre de la Scala » (p. 116) —, c'est là qu'on lui présente Mosca : en tant que lieu du paraître et du rencontrer, l'Opéra est un nœud névralgique de la socialité. On ne saurait pourtant le réduire à cette fonction mondaine. Que les premiers transports du puissant ministre de Parme apercevant Gina aient pour cadre une représentation

---

1. *Vie de Henry Brulard*, Pléiade, p. 890.

2. Cf. notre étude « Arrigo Beyle, Scaligero », *Stendhal Club*, n° 87, 15 mars 1980.

d'opéra ne répond pas seulement à la vraisemblance sociologique : bien qu'on ne l'entende guère dans le texte, la musique est là, qui soutient et orchestre, dans la pénombre rouge et or du vaste coquillage, les émois d'une passion à l'état naissant. Les héros sont spontanément musiciens : Gina improvise au piano (p. 106), Clélia aussi (p. 319), tout en répondant des yeux aux questions de Fabrice à sa fenêtre. Et l'on chante, comme l'on aime à entendre chanter ; comme toujours chez Stendhal, plus que la musique symphonique, c'est la voix, et singulièrement la voix féminine, qui est porteuse de la plus intense expressivité musicale : c'est parce qu'il a entendu chanter la Fausta — et qu'il a été ému par « l'angélique douceur de cette voix : il ne se figurait rien de pareil ; il lui dut des sensations de bonheur suprême... » (p. 223) — que Fabrice se lance dans l'entreprise hasardée de la séduction : la voix est irrésistible mirage, et piège ; « mais est-ce le souvenir de sa voix que j'aime, ou sa personne ? » (p. 224).

C'est évidemment entre Fabrice et Clélia, dans la prison, que le chant manifeste le mieux ses vertus sans pareilles de *corps conducteur*. Nous l'avons dit, à la tour Farnèse, les deux jeunes gens, renaissant à l'amour et par lui, réinventent le langage, selon un processus qu'on a justement rapproché de l'*Essai sur l'origine des langues* de Rousseau, pour qui le verbe est d'abord chanté ; partant d'une écriture schématique, le langage codé des amants « arrive à la pleine

> 1. Peter Brooks, « L'intervention de l'écriture (et du langage) dans *La Chartreuse de Parme* », *Stendhal Club*, n° 78, 15 janvier 1978, p. 185-187.

vocalisation de l'amour consenti et échangé[1] » ; c'est tout naturellement que la première réponse de Clélia à Fabrice prendra la forme d'un récitatif d'opéra, ou que Fabrice lui répondra par une improvisation accompagnée à la guitare (p. 430). Le chant apparaît donc comme l'inévitable modulation lyrique du sentiment vrai ; chauffé à une certaine température, il ne peut pas ne pas comme naturellement déployer toutes ses ressources émotives en se faisant mélodie : au maximum de l'agitation vibratoire, le mot en quelque sorte « décolle » et accède à l'horizon infini d'une signification transcendée par l'inflexion musicale.

On surprend très exactement ce moment où le parlé s'exalte en chanté (littéralement *s'enchante*) lorsque la duchesse intime à Ludovic d'offrir du vin à ses amis de Sacca et de l'eau aux habitants de Parme. Cette initiative a le don de les mettre l'un et l'autre dans une sorte de transe jubilatoire ; ils ne cessent d'en répéter les termes (comme on répète à l'Opéra), avec une gaieté qui, débordant, ne peut finalement délivrer sa mousse que dans la strette (p. 384-385).

Michel Crouzet commente excellemment : « C'est bien là que le tragique et le comique sont unis, que la volonté tragique s'élabore dans le fou rire et par lui ; et c'est bien là que Ludovic et la duchesse entrent dans une sorte de parodie de l'opéra, dans un phrasé qui se transforme potentiellement en airs […] ; dans un instant décisif, au carrefour de l'innocence vengeresse et de l'assassinat vindicatif, au carrefour de l'ivrognerie du bon peuple et de l'ivresse de tuer, les personnages ont spontanément, stendhaliennement, redécouvert l'opéra[1]... »

> 1. « *La Chartreuse de Parme*, roman de l'esprit », in « *La Chartreuse de Parme* revisitée, loc. cit., p. 117.

La question du mélange des tons est évidemment capitale dans la musicalité de la *Chartreuse*. Dans ce cas précis, le *serio* et le *buffo* se fondent de manière indécidable. Ailleurs, ils se font mutuellement valoir dans une architecture contrapunctique. L'examen des contrebasses, les coups à Rassi et tant d'autres notations burlesques font contraste avec les enjeux de vie ou de mort auxquels ils sont intrinsèquement mêlés, et ces deux veines doivent être appréhendées en même temps, dans toute la saveur de leurs dissonances. Analyste de son idiosyncrasie de lyricomane, Stendhal avait constaté que ce qui produisait l'effet le plus irrésistible sur lui était précisément « *quel mistro d'allegria e di tenerezza* » qu'il trouvait dans le *Matrimonio segreto* de Cimarosa, et qu'il estimait « *affatto congeniale* » à sa propre sensibilité, ajoutant qu'il espérait pouvoir faire naître un jour des sensations semblables[2]. Plus que toute autre œuvre stendhalienne, la *Chartreuse* a tenté de retrouver le secret de ce mixte unique, et selon des moyens apparemment simples, mais, si on observe le détail, d'une grande complexité.

> 2. *Journal*, 30 septembre 1812 (Pléiade, p. 828).

Il faut réserver un sort particulier à la scène admirable du concert de gala donné au palais parmesan pour l'anniversaire de la princesse (p. 454-460). Ce n'est pas pour rien que Stendhal éprouve le besoin d'imaginer que la cantatrice qui paraît ce soir-là n'est autre que « la célèbre madame P*** », comprenons bien entendu Mme Pasta, l'une des plus grandes artistes de son siècle, que Stendhal connaissait presque familièrement (on l'a même — à tort ! — prétendu son amant), et qui a représenté pour ses contemporains, en raison de la singularité de son organe et de son génie inégalé d'expression dramatique, quelque chose de très comparable à ce qu'a été Maria Callas pour la résurrection d'un répertoire et d'un style en notre temps[1]. C'est donc la plus remarquable chanteuse de l'époque qui offre un récital chez Ernest-Ranuce V, et ce qu'elle chante est un air déjà quelque peu oublié de Cimarosa, puis un autre, lui aussi suranné, de Pergolèse, tandis qu'au milieu des courtisans, Fabrice et Clélia, qui se retrouvent en présence pour la première fois, sont à trois pas l'un de l'autre sans oser se regarder, tous deux en larmes en écoutant cette voix unique qui chante justement la tendresse des yeux (*Quelle pupille tenere !*), et exprime avec tant de suave abandon tout ce qu'il leur est, semble-t-il, à jamais interdit de (se) dire. Tandis que d'absurdes conversations de cour épuisent avec des interlocuteurs insignifiants toute l'inauthenticité du langage social, une Parole souveraine, ineffable, est prise en charge par la vocalité : sous le babil inane du monde, dont l'indiscrétion se déploie avec une implacable ironie, un échange impossible s'opère par le truchement de l'opéra, en secret. À leur manière, Cimarosa et Pergolèse ont dit la vérité de Fabrice et Clélia. Tout amour vrai chante. Stendhal le savait bien, qui comparait son

---

1. Cf. notre étude « Stendhal et la voix de Giuditta », in *Figures du fantasme*, Toulouse, Presses universitaires du Mirail, 1992.

sentiment si puissant et si mal reçu pour Métilde Dembowski à « une grande phrase musicale[1] ». La construction subtile de cette scène, toute en aller retour entre le vide de l'extériorité et la plénitude d'une intériorité effusive, délivrée de tout excipient étranger et devenue purement musicale, est un chef-d'œuvre d'intelligence et de délicatesse ; la foule présente n'aura rien vu, rien entendu, rien compris : pour deux âmes d'élite, malheureusement séparées, la voix d'une femme aura opéré le miracle de la suture.

Mais dans la *Chartreuse*, la musique est aussi, si l'on peut dire, ailleurs que dans la musique. Elle est dans le tempo propre à chaque personnage : « Fabrice est " Allegro vivace ", Gina " Scherzo ", Mosca est " Andante " et Clélia " Adagio "[2]. » Elle est dans leur timbre : Stendhal fait dialoguer Gina et Clélia, *mutatis mutandis*, comme Mozart Fiordiligi et Dorabella, Rossini Sémiramide et Arsace, Bellini Norma et Adalgise, Verdi Aïda et Amnéris. Ici, un soprano colorature, évoluant vers un soprano dramatique de plus en plus corsé et sombre, se marie avec un soprano plus léger, qui peu à peu s'étoffe vers un mezzo plus charnu. Elle est dans la découpe absolument opératique de certains « grands airs » : on citera seulement les immenses monologues de Mosca (p. 149-153) et de Gina (p. 276-283), dont les divers mouvements obéissent à la loi d'oppositions internes et de contradictions successives, à la fois sur le modèle de la tragédie racinienne et sur celui du libretto d'opéra, qui en hérite d'ailleurs directement ; on a là l'exact équi-

---

[1]. *Vie de Henry Brulard*, loc. cit., p. 897.

[2]. M. Guérin, *op. cit.*, p. 181.

valent de certains arias de Mozart sur des textes de Métastase (cité d'ailleurs à la fin du concert par Clélia, qui attribue à tort ses vers à Pétrarque, p. 460 !).

La musique est encore dans l'entrelacement des motifs : Francis Claudon a montré comment « la récurrence et les combinaisons variées de trois motifs — le lac, la prison, l'amour — éveillent comme des effets harmoniques dans l'esprit du lecteur », et observé la « géométrie variable » de ces motifs, qui évoque « les lois verticales de l'harmonie et les exigences horizontales de la fugue » ; il repère à ce propos « des procédés d'écriture musicale peu fréquents dans le genre romanesque ». C'est surtout dans les paysages que, grâce aux seuls moyens littéraires, Stendhal évoque les sensations les plus fortement musicales, et, paradoxalement, quelques rares descriptions créent l'impression d'un fond musical continu. De quoi conclure que la *Chartreuse* « reprend à la musique son bien » et pourrait être définie comme « un opéra, moins les notes [1] ».

Last but not least, si l'on ose ici employer l'anglais, la musique est enfin dans l'implicite de la langue italienne, continuellement impliqué par le roman, langue qui, par sa sensualité, était la seule pour Stendhal à pouvoir dire la musique et l'amour, lesquels ne font qu'un. On peut croire qu'il a regretté de devoir écrire en français [2]. Un signe menu, mais qui ne trompe pas, en a été recueilli par les notes (c'est ici vraiment le cas de le dire) de l'exemplaire Chaper : les mots talismaniques de Clélia à Fabrice à la porte de

1. F. Claudon, *La Musique des romantiques,* PUF, 1992, p. 264-171. On sait qu'Henri Sauguet a cru bon de mettre des notes sur cette absence de notes pourtant si musicale en tirant de *La Chartreuse* un opéra, créé en 1939.

2. Cf. Claude Scheiber, *Stendhal et l'écriture de « La Chartreuse de Parme »,* Archives des lettres modernes, 1988, p. 71-72.

l'orangerie, ces mots qui sont véritablement l'arcane du roman, le point d'incandescence et de douceur auquel tout devait aboutir, Stendhal les glose dans ce qui est leur version primitive, la seule vraie qu'il a rêvée : « *Di quà, amico del core* » (Pléiade, p. 1435). C'est bien entendu la même chose qu'« Entre ici, ami de mon cœur », et pourtant c'est tout différent, comme pour n'importe quelle traduction. Il faudrait imaginer *La Chartreuse de Parme* comme un roman traduit de l'italien, et ayant perdu en route un peu de sa musique, qui ne pourrait vraiment s'apprécier que dans la version originale, jusque dans ce *diminuendo* final où elle s'abolit et triomphe pourtant, comme tout silence qui suit la musique, et ne la tue que pour mieux mystérieusement l'accomplir.

D. ÉCRIRE COMME ON PEINT

On s'est souvent demandé pourquoi Stendhal avait cru bon de situer son roman à Parme. Balzac lui a reproché d'avoir donné explicitement une indication locale : mieux eût valu à son avis ne pas placer l'action dans un lieu précis, qui entrave aussitôt l'imaginaire ; et ne pas nommer Parme aurait renforcé l'exemplarité politique de la *Chartreuse*[1]. Stendhal s'est justifié par des raisons de prudence (Parme n'était guère dangereuse), mais on peut douter que là soient les motivations véritables de son choix. Il y avait sans doute quelque chose à quoi il était infiniment plus sensible qu'on ne l'a dit : ce qu'à propos de *L'Orange de Malte* (un des titres

1. Lettre à Stendhal (5 avril 1839).

envisagés pour *Lucien Leuwen*) il appelle lui-même « la beauté du son ». Proust, qui dans sa *Recherche* n'a pu se refuser au plaisir d'introduire une princesse de Parme, a inoubliablement glosé sur cette syllabe, dont les résonances se sont désormais intrinsèquement confondues avec celles du roman.

« Le nom de Parme, une des villes où je désirais le plus aller, depuis que j'avais lu la *Chartreuse*, m'apparaissant compact, lisse, mauve et doux, si on me parlait d'une maison quelconque de Parme dans laquelle je serais reçu, on me causait le plaisir de penser que j'habiterais une demeure lisse, compacte, mauve et douce, qui n'avait de rapport avec les demeures d'aucune ville d'Italie puisque je l'imaginais seulement à l'aide de cette syllabe du nom de Parme, où ne circule aucun air, et de tout ce que je lui avais fait absorber de douceur stendhalienne et du reflet des violettes »[1].

1. M. Proust, *Du côté de chez Swann*, III (Pléiade, p. 381).

Au point que l'idée même de lui substituer un autre nom semblerait un monstrueux contresens : songeons seulement à un roman qui s'intitulerait presque, mais pas tout à fait comme le nôtre (disons *La Chartreuse de Pavie*, par exemple) ; tout s'évapore. Effet d'autant plus remarquable qu'à part son nom Parme n'est à peu près rien de concret ni de repérable dans la fiction. Il faut donc admettre comme un phénomène mallarméen : Stendhal dit « Parme », et aussitôt se lève, à l'horizon du désir, dans toute la plénitude de son insubstance, l'absente de toute cité.

Cela n'est possible que parce que justement Parme n'a jamais été pour Stendhal une ville comme les autres. Dans le circuit initiatique du « Grand Tour », elle n'existe que pour la peinture ; on y va (et il est exclu de ne pas y aller) pour les œuvres du Corrège, dont la révélation attend le voyageur comme une étape inévitable. C'est d'ailleurs ainsi, comme tout le monde, que Fabrice l'évoque pour la première fois, lorsqu'il prend congé de Clélia encore jeunette : il ira voir « les beaux tableaux de Parme » (p. 97) et espère se représenter à elle à cette occasion. Choisir d'installer pour l'essentiel le roman à Parme est donc le contraire même d'une décision banale ; on peut même postuler que, du point de vue esthétique, c'est là le parti capital qui permet d'en cerner la portée et le sens tels que Stendhal les envisageait lui-même. À Balzac, il confie ce déconcertant aveu : « tout le personnage de la duchesse Sanseverina est copié du Corrège (c'est-à-dire produit sur mon âme le même effet que le Corrège). Il faut que je compte bien sur votre bonté pour hasarder de pareilles balivernes [1] ». Comprenons bien que Gina n'est pas corrégienne parce qu'elle vit à Parme ; elle ne peut pas vivre ailleurs qu'à Parme car tout son être relève d'une certaine « corrégianité » dont il importe ici de rappeler brièvement les traits essentiels.

Pour Stendhal, qui s'inscrit dans toute une tradition, le Corrège est le peintre qui pousse le plus loin le charisme propre à la peinture, celui d'une certaine fusion onctueuse et moelleuse des formes et des couleurs, grâce en particulier à un tendre clair-

---

1. Lettre à Balzac, *loc. cit.*, p. 398.

obscur où se dissolvent les arêtes du monde au sein d'une pénombre érotique. Son œuvre réussit à piéger sur un support matériel le rêve le plus volatil qui soit : celui d'un univers sans angle aigu, où les êtres et les choses ne sont plus que sourire et caresse, douceur et promesse, nostalgie aussi ; un univers où le réel, émoussé, amorti, racheté de son opacité et de son entropie objectale, se voit allégé, transfiguré par une sorte de lumière interne qui le doue, si l'on peut employer ces mots protestant de se voir accouplés, d'une transcendance immanente, d'un intime au-delà. Grâce à un art qui cache l'art même, avec son *sfumato*, ses dégradés, ses modelés suaves, le Corrège enferme dans le cadre du tableau ou de la fresque un système tectonique et chromatique défini par l'ouverture et la porosité, la dérive songeuse vers un horizon indéfiniment creusé, en un mot : intensément *littéraire*. Une note de l'*Histoire de la peinture en Italie* indique sans doute l'essentiel : « Son art fut de peindre comme dans le lointain les figures du premier plan [1]. » On peut dire qu'ici la *Chartreuse* trouve son lieu et sa formule. Tout ce qui fait que Stendhal est un anti-Balzac est là résumé, dans ce refus d'offusquer le regard par un être-là péremptoire, le besoin congénital de délester, de dématérialiser, de gommer les caractéristiques trop singulières, de vaporiser dans une buée heureuse. J. Prévost a très justement parlé, à propos de la *Chartreuse*, de « technique du flou [2] » : un voile impalpable, une brumisation légère gaze les paysages (à la

1. Cercle du Bibliophile, t. I, p. 153.

2. *Op. cit.*, p. 342.

Watteau, selon Gracq)[1] ; les visages et les corps, on ne les *voit* pas vraiment, on les invente à partir de quelques suggestions économes.

Que saurons-nous du physique de nos héros ? Autant dire rien, sinon justement qu'ils évoquent des peintres (Gina, Léonard ; Clélia, le Guide ; Fabrice, le Corrège ; Palla, Pallagi ; Mosca une fois de plus étant le seul disgracié : aucun référent pictural pour lui), c'est-à-dire que Stendhal, pour nous donner une idée de leurs traits, renvoie à ce qui est déjà en soi une stylisation, une interprétation, un écart par rapport au donné. Non seulement il ne fait pas le moindre effort pour lutter avec le réel dans la description, mais, afin de se débarrasser de toute réquisition de ce genre, il s'en remet du soin d'informer le lecteur à un système de signes extérieur à la littérature, et même au domaine du verbal. On n'est pas plus désinvolte, on n'est pas plus habile surtout : Stendhal le sait pertinemment, rien n'est plus fécond, rien ne produit plus d'images que le refus de l'image, ou le transit par des images peintes qui, bien qu'immobilisées sur la toile ou sur le mur, par un paradoxe riche de sens donnent aussi à *ne pas* voir[2], parce que, constamment questionnées, rafraîchies par un regard amoureux, elles le conduisent toujours plus loin, toujours ailleurs, vers un point de fuite impossédable, sans cesse réactivé et reculé.

On saisit là, soit dit en passant, pourquoi toute adaptation cinématographique d'un roman de Stendhal en général et de la *Char-*

---

1. *Op. cit.*, p. 31.

2. Cf. François Lecercle, « Le regard dédoublé », *Nouvelle Revue de psychanalyse*, automne 1991.

treuse en particulier est vouée à susciter l'insatisfaction des stendhaliens : aucune incarnation concrète d'un de ces protagonistes que l'auteur nous a si soigneusement empêchés de figer par des repères précis, dont il a si scrupuleusement bougé et brouillé la physionomie, n'est acceptable, les comédiens fussent-ils par ailleurs les plus plausibles qu'on pût trouver. On peut proposer d'honorables adaptations filmiques, mais, comme l'a bien montré Gracq, quelque chose d'essentiel à l'écrit se perd dans son illustration à l'écran, et plus encore lorsqu'il s'agit d'un écrit stendhalien : la machine mentale et désirante, la fabrique d'imaginaire s'y *réduit* inévitablement comme une tête jivaro ; les opérations psychiques qui, à chaque mot d'un livre pourtant aveugle, étoilent le parcours de chaque lecteur, lui ouvrant d'immenses perspectives en liberté, différentes à chaque lecture, s'y *voient,* c'est le cas de le dire, malgré tout le talent qu'on peut y mettre, irrémédiablement appauvries, fatalement « unidimensionnalisées ». Ainsi le Corrège, ce poète des inépuisables lointains (ceux du lac de Côme, ceux des yeux de Clélia), de tous les artistes auxquels Stendhal pouvait recourir, était-il entre tous celui qui devait présider à cette entreprise, combien moderne et paradoxale, de pousser à bout une certaine radicalité de l'irreprésentable scriptural, en exploitant à fond son *less is more* constitutif, par la recherche délibérée d'emprunts à la picturalité.

De même que la musique, la présence de la peinture dans la *Chartreuse* dépasse infiniment les quelques références ponctuelles qui y sont faites. On y baigne d'un bout à l'autre, même quand le texte n'en « parle » pas. C'est l'élément, la pâte même du récit. Lorsqu'il rapproche sans cesse le Corrège de Cimarosa, Stendhal touche à ce point nodal de convergence et de diffraction entre les arts qui l'a toujours obsédé, à ce carrefour idéal où l'expression propre à chacun trouverait sa transposition immédiate, son parfait équivalent métaphorique et sensible dans l'expression des autres, l'ensemble étant saisi *à la fois*. Analysant la « grâce » corrégienne, il note : « Ses tableaux font plaisir à l'œil aussitôt qu'il les regarde, ils reposent la vue et la flattent doucement par la succession des couleurs les plus brillantes et des nuances insensibles qui se perdent les unes dans les autres. C'est ainsi que dans une belle soirée d'un jour parfaitement pur, la lumière qui borde encore l'occident vient se mêler sur nos têtes au sombre azur des cieux [...]. Ce spectacle fait rêver, c'est presque de la musique[1]. » C'est Fabrice à Grianta, dans une extase globale, indissolublement littéraire, picturale et musicale, où les « correspondances » esthétiques rapatrient le moi au sein de la vaste unité du sentir et de l'être. Ce faisant, Stendhal «excède» la littérature, comme l'a bien vu G. Genette[2] ; il l'exalte dans les échanges mouvants et nourriciers avec ce qui n'est pas elle, et dit la même chose qu'elle, autrement.

En 1800, l'Italie avait offert en bouquet au jeune Beyle l'amour, la peinture et la musique, à la fois. Dans *La Chartreuse de Parme*, d'un seul geste, en une épiphanie

1. *Écoles italiennes de peinture, Mélanges,* Cercle du Bibliophile, t. IV, p. 17.

2. *Figures II*, Le Seuil, 1969, p. 192.

indifférenciée, une et plurielle, il lui a tout rendu.

V. LE SOURIRE DU ROMANESQUE

A. LA PESANTEUR ET LA GRÂCE

« Il y a un sourire de la *Chartreuse* comme il y a un sourire de la Joconde », selon M. Bardèche, et cette déclaration peut apparaître à la fois comme une vue féconde et une véritable débandade critique. Le sourire de la Joconde est devenu l'emblème même de l'énigmatique, et à la limite l'énorme déverse herméneutique qui s'est accumulée sur lui avoue une totale inutilité : c'est comme si on n'en avait jamais rien dit. On en éprouve l'irrécusable effet, mais toute analyse, *a fortiori* toute dissection, en apparaît non pertinente, incommensurablement inadéquate au transcendant sortilège auquel elle s'affronte. Bref, comme disait Stendhal, « le sujet surpasse le disant ». Il en irait de même de la *Chartreuse* ; tout le monde en ressent le charme, mais nul ne saurait semble-t-il en surprendre les secrets : « Cette grâce de la *Chartreuse*, il faut bien avouer aussi qu'elle échappe à tout " démontage " et même, en définitive, à toute explication. Une sorte de poésie et de musique, une lumière tendre et heureuse répandue partout fait l'unité de ces parties diverses [...], le romancier se refuse à *construire*[1]. » Ces derniers mots permettent peut-être de commencer à tracer une voie conduisant en plein mystère : la déconstruction volontaire est un principe de construction et non le moins efficace ; les conditions particulières de dictée de la *Chartreuse,* son improvisation ont coïncidé avec un calcul esthétique parfaitement conscient de ses moyens et de ses fins. La jubilation spécifique qu'irradie ce roman, ce « bonheur fou » que seul peut-être, dans son cycle du « Hussard », a voulu et su retrouver Giono, serait dû au tonus, à la liberté matinale de ses mouvements, à l'entraînante générosité qui lui fait trotter l'amble sur les grands chemins de la vie.

Tous les lecteurs sont sensibles à l'exubérance de la *Chartreuse* (et il faudrait pouvoir ici retrouver toute la profusion dont est porteur le mot latin *ubertas*), ce que Bardèche appelle encore son « foisonnement heureux » de vigne vierge qui a poussé dans tous les sens[2]. Reprenant un mot de Diderot, Balzac disait que le roman était « feuillu », et admirait que Stendhal ait « tout brouillé, tout débrouillé », comme les choses se brouillent et se débrouillent dans l'existence, sans compromettre la lisibilité et l'« admirable simplicité » du récit[3]. On n'est jamais étouffé, asphyxié, malgré la complication de certains épisodes : « Tout est à sa place, il n'y a pas la moindre confusion. Vous voyez tout, la ville et la cour. Le drame est étourdissant d'habileté, de faire, de netteté. L'air joue dans le tableau, pas un per-

[1]. M. Bardèche, *op. cit.*, p. 396.

[2]. *Ibid.*, p. 365.

[3]. R. Stéphane, *op. cit.*, p. 43.

sonnage n'est oisif[1]. » Il semble que ce soit essentiellement à l'allure soutenue, sans temps morts, de la narration qu'il attribue cette réussite — « le drame marche toujours. Jamais le poète, dramatique par les idées, ne se baisse sur son chemin pour y ramasser la moindre fleur[2]... ». Ce n'est sans doute pas tout à fait exact, et on ne serait pas en peine de citer telle ou telle de ces pervenches rousseauistes que, pour le pur plaisir, Stendhal s'attarde à respirer au passage ; mais pour l'essentiel, c'est bien vu, et un lecteur aigu comme Gracq a fondé toute sa lecture sur cet entrain jamais ralenti de la « partance », qu'il oppose à l'embourbement flaubertien. Si la *Chartreuse* lui apparaît si énergétique, baignée « dans l'ozone allègre, hilarant, de la haute montagne[3] », c'est parce que le pas semble ne jamais s'y appesantir, qu'on est toujours en alerte, prêt à s'élancer sans bagages, et du jarret le plus leste. Miraculeusement conjurés, les déterminismes qui paralysent la plupart des hommes semblent avoir perdu leur prégnance ; ce n'est certes pas qu'ils aient disparu, et les héros ont leur (large) part d'obstacles, de tribulations, d'épreuves et d'échecs (comme Gina, la *Chartreuse* sourit à travers ses larmes), mais on dirait que jamais leur destin ne saurait s'enliser dans la déréliction sans espoir et immobile, que jamais l'identité ne saurait les comprimer dans un carcan ; on rebondit toujours, on n'en finit pas de prendre les initiatives, le régime du moteur romanesque ne faiblit pas. Aucune panne à craindre et pas de sargasses.

---

1. *Ibid.*, p. 70.

2. *Ibid.*, p. 68.

3. *Op. cit.*, p. 131.

Cette hyperactivité, qui réussit la gageure de dynamiser la passivité par excellence (celle du prisonnier), l'abondance événementielle qui semble ne jamais vouloir se tarir, la nervosité d'un temps dégraissé, l'ébriété du romanesque à l'état pur et qui respire à pleins poumons, comme un corps heureux de bien s'habiter, tout cela a engagé parfois à prononcer, peut-être faute de mieux, le mot de « picaresque », mais non sans abus[1] : Fabrice n'erre pas dans les bas-fonds en gagnant son pain, et ne connaît en rien la solitude amère du picaro, voué au cynisme dans les rapports humains. En fait, ce n'est pas tant de ce côté qu'on pourrait sans doute chercher des parentés que du côté d'un art du récit vif, circonstancié et concret, émaillé de détails « vrais », tel qu'on le trouve chez un chroniqueur comme Bandello (p. 560) ; du côté des contes (Balzac retrouvait « en bien des parties » du roman la magie de l'Orient, et l'on sait combien Stendhal raffolait des *Mille et Une Nuits,* dont il disait qu'elles occupaient le quart de sa tête)[2] ; et de quelque chose qui y touche de près, la féerie shakespearienne (si proche de ce qu'on goûte chez un certain La Fontaine), où Stendhal aimait un fantastique aérien, donnant « des sensations analogues à celles que produit la musique[3] » ; du côté de l'Arioste bien sûr, son bréviaire quotidien, où il voyait « la perfection de la narration[4] », et dont on a dit qu'il faisait « ensemble rhizomatique », au sens où Deleuze emploie ce terme, avec la *Chartreuse* (« Qu'est-ce qu'*Orlando furioso* si ce n'est un roman de la Renaissance dans la

1. Comme le montre bien C. W. Thompson, *op. cit.,* p. 210.

2. R. Stéphane, *op. cit.,* p. 45 ; *Souvenirs d'égotisme,* Pléiade, p. 453.

3. *Journal littéraire,* Cercle du Bibliophile, t. III, p. 24.

4. Lettre à Balzac, *loc. cit.,* p. 396 et 398.

tradition de l'émerveillement médiéval ? Roman où le merveilleux côtoie l'héroïque, le mythologique, l'histoire d'amour. C'est un univers où des forces multiples combattent, se combattent, s'aiment, se perdent, se retrouvent dans des paysages de forêts, de clairières, de cours d'eau, de mers, d'îles[1]... » ; du côté de *Don Quichotte* surtout, livre-source et génie-mère de Stendhal depuis les lointaines lectures d'enfance sous le tilleul de Claix.

1. Jean-Jacques Hamm, « Discussion », *Lendemains*, n° 55-56, 1989, p. 217-218.

C. W. Thompson l'a remarquablement souligné : « Non seulement parce que dans la *Chartreuse* aussi, entre le ciel et la bourbe des grands chemins, il s'étend un pays d'aventures où surgissent brusquement les combats, où interviennent les vieux prêtres astrologues, où les histoires d'amour fleurissent entre les prisonniers et les princesses. Mais également parce que dans les deux œuvres, le monde se trouvera transformé en un théâtre de jeux et de métamorphoses, sous l'œil sage de narrateurs qui refusent toujours de nous donner le fin mot de leur ironie et la synthèse définitive de la dialectique toujours prête à rebondir entre l'idéalisme et le réalisme, entre l'ordre et la liberté, entre la raison et la folie. [...] Et cependant, cette incertitude métaphysique n'empêche ni Stendhal ni Cervantès de garder un air de transparence et de célébrer continuellement les pouvoirs créateurs de l'esprit humain. Cette célébration est, au contraire, ce qui produit plus spécialement la gaieté si désintéressée qui est peut-être le point de rencontre le plus fondamental entre ces deux romans admirables[2]. »

2. *Op. cit.*, p. 214-215.

Quel est, en effet, *le sujet* de *La Chartreuse de Parme*, qu'est-ce qui organise et soutient « cette grande ossature inconsciente que recouvre l'assemblage voulu des idées », dont parle Proust[1] ? Question naïve ou stupide, comme pour toute grande œuvre, qui ne se soucie pas *a priori* de signifier, mais tout simplement d'être comme un monde, comme le monde, pétri de contradictions dépassées dans une unité problématique et supérieure. On a pu y voir « un poème sur la poétique[2] », et toute une réflexion moderne sur l'« autotélisme » de l'œuvre d'art, ce que Kant avait déjà nommé sa « finalité sans fin », sans autre fin que sa propre existence, pourrait aisément nourrir ce point de vue. On y entendra aussi, avec M. Nerlich, un *ricercare* dont l'entrelacement fugué orchestre sous toutes ses faces le thème fondateur de l'antagonisme entre les puissances de la vie et celles de la mort.

> 1. *Contre Sainte-Beuve*, Pléiade, p. 611.
>
> 2. William J. Berg, «Cryptographie et communication dans *«La Chartreuse de Parme»*, *Stendhal Club*, n° 78, 15 janvier 1978, p. 178.

« Les structures principales réapparaissent au rythme de l'écriture, produisant des structures ou thèmes secondaires, tertiaires, ramenant le lecteur (l'auditeur) de nouveau aux grands thèmes initiaux, s'ouvrant comme une gerbe de fusées de feu d'artifice, comme une gerbe de blé, comme une fontaine infinie, chaotique et harmonieuse à la fois dans laquelle les jets, les gouttes, les thèmes, les structures se multiplient, s'enchaînent, jaillissent selon l'ordre de la composition géniale qu'est *La Chartreuse de Parme*[3]. »

2. *Op. cit.*, p. 245.

Dans cette perspective, le sujet du roman, c'est simplement (si l'on ose dire) l'être-au-monde, dans sa fragilité magnifique, dans sa richesse guettée par le néant, le chatoyant voile de Maia dont S. Felman a retrouvé des reflets déjà prénietzschéens dans la *Chartreuse*, en citant *La Naissance de la tragédie* :

« En l'homme aussi quelque chose de surnaturel s'exprime. Il se sent dieu ; porté au-dessus de lui-même, il foule le sol, extasié [...]. Ce qui dans la nature est créateur d'art se révèle ici dans les frissons de l'ivresse comme la profonde délectation de l'être originel[1] ». Au fond, la matière de cette œuvre impossible à condenser métaphoriquement ou à concentrer programmatiquement ne serait rien d'autre que « l'imagination créatrice elle-même[2] ».

On conçoit parfaitement pourquoi la *Chartreuse* ne pouvait être qu'un roman « immoral » — immoral comme la lumière qui tombe équitablement sur tous les aspects du donné ; et pourquoi par conséquent il est vain d'y quêter on ne sait quelle « leçon ». Sans doute Gracq pour une fois amenuise-t-il les choses lorsqu'il prétend ne pas trouver « une once de vérité là-dedans », et se borne à se laisser emporter par une merveilleuse cavalcade digne des *Trois Mousquetaires*[3]. La référence à Dumas paraît bien limitative, pour donner toute sa portée à ce bonheur (chargé non seulement de fantaisie, mais bel et bien de vérité) revendiqué par Stendhal lorsqu'il affirmait : « Je veux que l'auteur soit un homme heureux par une grande imagination qui s'amuse, qui soit dans un doux délire[4]. » C'est exactement cette joie contagieuse que diffuse la *Chartreuse*. Le romancier, qui a « des trouvailles de l'imagination, des " beautés " de l'imagination, comme d'autres ont des trouvailles de style[5] », ne se met à lui-même aucun bâton scrupuleux dans les roues ; il assume ses caprices, et sans

---

1. *Op. cit.*, p. 227.

2. M. Guérin, *op. cit.*, p. 194-195.

3. *Op. cit.*, p. 62.

4. *Journal littéraire, loc. cit.*, p. 24-25.

5. M. Bardèche, *op. cit.*, p. 395.

doute une lecture de la *Chartreuse* ne doit-elle pas s'acharner à vouloir rendre compte à tout prix du moindre détail, fût-il apparemment le plus incongru : il faut laisser au phénomène naturel sa part de gratuité et son espièglerie. Malebranche se demandait pourquoi la pluie tombe sur la mer. Serait-ce du gâchis ? Non : la pluie ne tombe jamais pour rien, fût-ce sur la mer. Elle tombe avant tout pour la volupté solitaire de la pluie. L'essentiel est dans l'adhésion totale, sans restriction mentale, du créateur à l'événement-avènement de son acte. Il est « celui qui, en définitive, est capable de faire des semelles avec des bouts de chapeau, c'est-à-dire de refaire un tout avec n'importe quoi. [...] Plus il cherche à les dissimuler, plus il est grotesque. Mais quand il les avoue et les assume, il s'attire la sympathie ; il est émouvant ; il est écouté et aimé. Autrement dit, à l'image du lieutenant Robert, l'essentiel pour le romancier est de ne pas avoir peur de son histoire [1] ».

Cette euphorie de la narrativité, qui n'est pas débordement brouillon, mais conduite et tenue d'une ligne rigoureusement maîtrisée (et c'est là sans doute, sous les appoggiatures de Cimarosa et les effusions du Corrège, la part structurante du Code civil)[2], n'occulte pas la gravité des enjeux. Sous le pétillement, le scintillement d'une inspiration merveilleusement déliée, on souffre, on vieillit, on meurt. Et même en dehors des destins individuels, la *Chartreuse* ne tourne pas le dos autant qu'on pourrait le croire aux interrogations d'une jeunesse flouée par

1. Patrick Laudet et Michel Lavialle, « Les motifs de la circulation dans *La Chartreuse de Parme* », in « *La Chartreuse de Parme* » revisitée, loc. cit., p. 61.

2. Cf. Lettre à Balzac, loc. cit., p. 198.

1830[1]. Si elle se garde bien de proposer une solution (ce n'est d'ailleurs jamais le rôle d'une production esthétique), elle expose par exemple un *modus vivendi*, qui est aussi et d'abord un *modus scribendi*, prenant en compte les pesanteurs d'une modernité morose et tout simplement de la vie, et tâchant non pas de s'en arranger sur le mode toujours plus ou moins morfondu de la résignation, du *quand même* ou du *faute de mieux*, mais d'essayer de la rédimer grâce à la force porteuse, et joueuse, du désir d'être heureux. L'« âpre vérité » est certes loin d'être absente de la *Chartreuse,* mais elle a décidé de se faire « gai savoir[2] ».

1. C.W. Thompson, *op. cit.*, p. 226.

2. Pierre B. Daprini, « Le moraliste sans foi ou la Structure anthropologique de *La Chartreuse de Parme* », *Stendhal Club*, n° 98, 15 janvier 1983, p. 294-295.

B. LES PLÉIADES

Il est dans *La Chartreuse de Parme* un épisode en soi minuscule, mais qui nous paraît emblématiser la manière dont ce roman aborde, contourne et dépasse l'opacité du réel. Fabrice vient de tuer Giletti. Il s'enfuit et arrive au pont de Casal-Maggiore, qui marque la dangereuse frontière des États autrichiens. Il lui faut présenter au bureau de police le passeport de sa victime : examen dont les conséquences peuvent être terribles. Après avoir longuement hésité, il entre à la douane. Stendhal, qui d'ordinaire traite avec la plus grande négligence ou le mépris le moins déguisé l'univers des objets, insiste cette fois de façon tout à fait inhabituelle et s'aventure sur un terrain qui est plutôt celui de Balzac. On se croirait dans un équivalent administratif de la pension Vauquer : « Ce bureau avait des murs sales garnis de clous auxquels les pipes et les chapeaux sales des employés étaient suspendus. Le grand bureau de sapin derrière lequel ils étaient retranchés était tout taché d'encre et de vin ; deux ou trois gros registres reliés en peau verte portaient des taches de toutes couleurs, et la tranche de leurs pages était noircie par les mains » (p. 196). Ce décor nauséabond soulève le cœur de Fabrice, qui, nous dit Stendhal d'un mot remarquable, « paya ainsi le luxe magnifique et plein de fraîcheur qui éclatait dans son joli appartement du palais Sanseverina ». C'est bien l'idée que la beauté, qui va de soi pour des gosses de riches hédonistes comme lui, il faut un jour ou l'autre l'*expier* en se heurtant de plein fouet à la laideur, à la mesquinerie, à la quotidienneté si quotidienne et si sordide de l'immense majorité des humains. Tout ce qui attend Fabrice dans cette officine policière relève pour lui d'un véritable cauchemar, c'est la réalité dans toute son épaisseur obtuse qui prend les couleurs d'un mauvais rêve. L'employé dont dépend son destin est « petit et noir », il a une « main jaune », il porte « un bijou de laiton à sa cravate » : disgrâce physique, ornement misérable, tout un horizon implicite de non-vie gris souris, irrémédiablement médiocre, naturaliste. Rencontre entre deux spécimens d'espèces qui n'ont rien en commun : le papillon et la blatte. Or il se trouve que l'employé en question connaît Giletti. Fort surpris de voir son passeport entre les mains d'un inconnu, et craignant les complications, il préfère prudemment laisser à un collègue la responsabilité de viser le document douteux. Un autre employé se présente ; changement à vue : celui-là est « un beau jeune homme » qui « chantonne ». Fort poli, il paraphe le passeport avec des joliesses d'artiste. Et c'est ainsi que Fabrice échappe au Spielberg, mais non sans avoir cru défaillir : « Je ne manque pas de courage entre les comédiens, mais les commis ornés de bijoux de cuivre me mettent hors de moi » (p. 198).

Fabrice-Frégoli est tout à son aise sur le théâtre et dans les « jeux de rôles » ; mais se colleter avec la tristesse, la dureté hostile et pauvre du monde tel qu'il est pour la plupart des gens est pour lui une épreuve presque insoutenable. Certains ne manqueront pas de le trouver bien renchéri, bien délicat ; il faut l'admettre : Fabrice n'est pas le Petit Chose, et la duchesse Sanseverina n'a pas les mêmes soucis que Gervaise. Il y a dans la *Chartreuse* des êtres laids, méchants, bas, mais toujours Stendhal s'arrange pour désamorcer la charge d'écœurement ou de haine dont le lecteur pourrait se trouver incommodé : les malfaisants sont aussi et surtout des grotesques. Le platonisme stendhalien n'est plus à démontrer (pour lui, le mal est avant tout un malheur qu'on s'inflige à soi-même, le fruit d'une erreur de jugement, profondément autodestructrice) ; son manichéisme non plus : les essences sont fixées d'emblée et définitivement ; on ne voit personne se « convertir » en passant d'un ordre à l'autre : un clivage dirimant passe entre les êtres, qui n'a rien à voir avec les distinctions sociales ; dans ce monde où le seul étalon est la qualité de l'âme, un cocher comme Ludovic est, sur le plan de l'essentiel, de plain-pied avec un archevêque, un médecin décavé comme Ferrante est embrassé par une duchesse. Là où le système instaure la hiérarchie de castes sans communication entre elles, le principe ontologique qui organise et parcourt le champ des relations romanesques (comme le magnétisme agrège ou disperse la limaille) inaugure une répartition superficiellement aberrante, puissamment logique dans les profondeurs : chacun se retrouve avec les siens. Le second employé de la douane, parce qu'il est beau, parce qu'il chante, parce qu'il est aimable, parce qu'il fait son travail avec goût, échappe à sa condition subalterne et devient à sa façon le frère de Fabrice, qu'il a obscurément *reconnu* : il ne peut que lui ouvrir les portes de la liberté.

Ainsi comprend-on mieux le célèbre « envoi » de *La Chartreuse de Parme*, cette « pierre jetée dans un gouffre » selon Alain[1]. « TO THE HAPPY FEW : We, band of brothers », avait lu Stendhal dans l'*Henry (!) V* de Shakespeare. Là où la plupart cherchent l'audience la plus large, il vise délibérément un lectorat restreint défini comme un reflet amical de lui-même. Balzac avait parfaitement compris le sens et la portée de cette focalisation maximale, comble de l'humilité ou de l'orgueil, lorsqu'il commence son grand article en le destinant « aux cœurs nobles et purs, qui [...]

---

1. *Op. cit.*, p. 758.

existent en tout pays, comme des pléiades inconnues[1] ». Ce mot ne sera pas perdu pour Gobineau, qui le donnera pour titre à un admirable roman (1874), placé dès ses premières pages sous l'invocation de la *Chartreuse*, et célébrant la fratrie d'êtres d'élite, les calenders, « fils de roi », le petit cénacle de ce que Gracq nomme l'« *égrégore* privilégié[2] », qui, comme des particules en suspension, éparses dans l'élément social, se pressentent et s'aimantent, pour pratiquer ensemble un art de vivre qui est essentiellement, comme pour Stendhal, un *arte di godere*, c'est-à-dire un art de la connaissance de soi et du bonheur.

Les stendhaliens se nuancent volontiers en deux familles sensibles : les « rougistes » et les « chartreux ». Il serait bien entendu grossier de caricaturer, car c'est précisément l'une des plus remarquables singularités beylistes que de dépasser cet infernal tourniquet, d'échapper à cette calamiteuse tenaille, mais tout de même il y a bien entre *Le Rouge et le Noir* et *La Chartreuse de Parme* quelque chose qui s'apparente à la modulation dont on s'accorde à penser qu'elle différencie la gauche de la droite. Le *Rouge* fait peur à Bourget, qui y voit déjà les brasiers de la Commune ; la *Chartreuse* captive le « Club des longues moustaches », de Régnier à Morand. La *Chartreuse* suppose résolus tous les problèmes où le *Rouge* s'écorche. Fabrice commence là où Julien s'est épuisé à arriver. Il n'a ni la même histoire ni le même ciel. Il évolue dans une œuvre moins militante, plus dilettante, où Stendhal, sans l'ignorer,

---

[1]. R. Stéphane, *loc. cit.*, p. 38.

[2]. *Op. cit.*, p. 67.

estompe ce qui pourrait meurtrir, parce qu'il s'autorise la pure joie de chanter dans l'arbre généalogique qu'il s'est choisi. C'est sans doute ce qui donne ici à sa *vocalità* cette ductilité unique. On ne s'étonnera pas que, dans le stendhalisme, machine narcissique par excellence fonctionnant sur le sentiment d'avoir *été choisi*[1], la *Chartreuse*, plus que toute autre œuvre de Stendhal, ait cristallisé chez ses lecteurs les chimères projectives ou identificatoires : l'un appelle son fils Fabrice, l'autre baptise son pavillon de banlieue Grianta ; on pèlerine, on verdurine au lac de Côme, en quête de « sensations stendhaliennes ». C'est dérisoire, évidemment. C'est aussi émouvant : quelle est donc cette fiction à laquelle je désirerais tant que ma vie ressemblât ? Le bovarysme proteste au nom de la vie telle qu'elle devrait être... « L'Éden revisité en songe », dit Gracq à propos de la *Chartreuse*[2] ; mais, nous le savons bien, il n'y a d'Éden que perdu.

Autant qu'il se peut, il nous est pourtant redonné, par du noir sur du blanc. Giraudoux, en parlant des jeunes hommes qui vont aller se faire tuer dans les tranchées, évoque dans *Bella* le tragique de mourir à vingt ans, sans avoir eu le temps de lire *La Chartreuse de Parme* (et juste avant l'assaut, le poilu demande à son camarade de la lui résumer en une minute...). Comme si, parmi tous les chefs-d'œuvre de la littérature universelle, il y avait là, dans ces pages inertes, un air incomparable qu'un être humain devait absolument avoir au moins une fois respiré.

[1] Cf. notre étude de *Stendhal Club*, *Revue des Sciences humaines*, 1991-4.

[2] *Op. cit.*, p. 68.

DOSSIER

L'Essai ayant choisi de s'appuyer abondamment sur la critique, le Dossier se bornera à citer des documents complémentaires ou des textes assez difficiles d'accès.

I. REPÈRES BIOGRAPHIQUES

(Cette biographie de Stendhal est extraite de *La Chartreuse de Parme*, édition de Béatrice Didier, collection Folio Classique (n° 155), pages 517-520.)

1783	23 janvier : Naissance à Grenoble de Henri Beyle, le futur Stendhal.
1796	21 novembre : Entrée de H. B. à l'École centrale de Grenoble.
1799	H. B., qui avait obtenu, l'année précédente, le premier prix de littérature, sort de l'École avec un premier prix de mathématiques. 30 octobre : Il quitte Grenoble pour Paris.
1800	Dans les premières semaines de l'année, Pierre Daru, son cousin, prend avec lui, au ministère de la Guerre, H. B. qui est envoyé en Italie, le 7 mai. En juin, il est à Milan ; en septembre, il est nommé sous-lieutenant de cavalerie. En décembre, il va passer à Grenoble un congé de convalescence.
1802-1803	Séjour à Paris. Il s'essaie au théâtre. Juin : Retour à Grenoble, pour neuf mois.
1804	Avril : H. B. revient à Paris, s'éprend de la comédienne Mélanie Guilbert, dite Saint-Albe ; il la suivra à Marseille, l'année suivante.
1806	H. B. revient à Paris, renoue avec les Daru, de qui il obtient une mission en Prusse. En octobre, il est nommé adjoint provisoire aux commissaires des Guerres et envoyé à Brunswick. Il sera titularisé dans cet emploi l'été suivant.

1809   Rentré à Paris l'année précédente, il est envoyé à Strasbourg, puis accompagne Daru à Vienne. Malade, il manque la bataille de Wagram. (Sinon, c'est peut-être à celle-ci que Fabrice eût assisté.) — Il se lie de plus en plus avec la comtesse Daru.

1810   À Paris, de nouveau. Il inaugure la période mondaine, brillante, élégante et galante, bref, insouciante et heureuse qu'il ne retrouvera jamais. Il rêve toujours de conquérir la gloire par le théâtre. — Il est nommé successivement auditeur au Conseil d'État et inspecteur du mobilier et des bâtiments de la Couronne.

1811   Liaison avec Angéline Bereyter : elle durera quatre ans. Mais non, certes, exclusive. Angela Pietragrua devient sa maîtresse à Milan : il était parti pour l'Italie à la fin de l'été. Voyage à Bologne, Florence, Rome, Naples.

1812   Paris. H. B. travaille à l'*Histoire de la peinture en Italie*. Août-septembre : Départ pour Moscou. Retraite de Russie.

1813   Déceptions : sa brillante conduite pendant la retraite ne lui vaut aucune récompense. — Séjours alternés en Italie, à Paris et à Grenoble.

1814   H. B. est en quête d'une place. Il entreprend les *Vies de Haydn, de Mozart et de Métastase*.
Début d'un séjour de sept années à Milan. — Angela est fatiguée de lui, et lui, fatigué de tout : pensées de suicide.

1817   Août : Publication de l'*Histoire de la peinture en Italie*.
Septembre : *Rome, Naples et Florence en 1817*.

1818   Amour pour Métilde Dembowski.

1819-1820	Suite de cet amour malheureux — d'où il tire : *De l'amour*. Le manuscrit est égaré. Il le retrouve et le retravaille.
1822	Publication de *De l'amour*.
1823	*Racine et Shakespeare. Vie de Rossini.*
1824	Janvier : À Rome ; tout le reste de l'année à Paris. Liaison avec la comtesse Curial.
1826	Fin de la liaison : c'est encore « elle » qui rompt. Métilde Dembowski est morte l'année précédente à Milan. Voyage en Angleterre (et troisième séjour à Londres). Il travaille à un roman, qui sera *Armance*.
1827	Février : Nouvelle édition de *Rome, Naples et Florence*. Août : *Armance*. Reparti pour l'Italie en juillet, H. B. va à Naples, à Ischia, Rome, FLorence (où il rencontre Lamartine), puis à Milan d'où il est refoulé par la police autrichienne.
1828	Il passe l'année à Paris et cherche un emploi.
1829	Liaison avec Alberthe de Rubempré (auprès de laquelle il a trouvé un rival redoutable : Eugène Delacroix). Passion, jalousie : éteintes en trois mois. Septembre : *Promenades dans Rome*. Décembre : *Vanina Vanini* dans *La Revue de Paris*.
1830	Pour une fois, c'est une femme qui devient amoureuse de lui la première et le lui dit. Giulia Rinieri demandera néanmoins deux mois pour se rendre. Le 6 novembre, jour de son départ pour Trieste où il vient d'être nommé consul, H. B. demande la main de Giulia à son tuteur, qui élude la requête. 13 novembre : *Le Rouge et le Noir*. Le gouvernement autrichien ayant refusé son agrément, H. B. est nommé consul à Civita-Vecchia.

1832	Il voyage à travers l'Italie et écrit les *Souvenirs d'égotisme*.
1833	Découverte et copie des manuscrits qui lui fourniront le thème des *Chroniques italiennes*. Avril : Mariage de Giulia. 15 décembre : H. B. rencontre, à Lyon, George Sand et Alfred de Musset, en route pour l'Italie, où lui-même retourne après un séjour à Paris. Ils descendent ensemble le Rhône.
1834	Civita-Vecchia, et souvent Rome. Il entreprend *Lucien Leuwen*.
1835	Il délaisse son roman pour la *Vie de Henry Brulard*.
1836	Congé de trois mois, pour Paris. Il va y rester trois ans.
1837	H. B. essaie de reprendre sa vie brillante de 1820, mais les temps ont changé. Il commence de publier dans les revues ses *Chroniques italiennes*.
1838	Juin : *Mémoires d'un touriste*. Il revoit Giulia. Il continue à publier des *Chroniques italiennes* et songe à ajouter une nouvelle, tirée de la jeunesse d'Alexandre Farnèse. Le projet prend corps, s'amplifie : la nouvelle devient roman. À partir du 4 novembre, il s'enferme 8, rue Caumartin. Le 15, il a déjà écrit 270 pages de son manuscrit. Le 2 décembre, 640 pages. Noël : Stendhal termine *La Chartreuse de Parme*. Le lendemain 26 décembre, il remet son manuscrit à R. Colomb qui le confie à l'éditeur A. Dupont.
1839	1er février et 1er mars : *L'Abbesse de Castro* paraît en deux parties dans *La Revue des Deux Mondes*. Du 6 février au 26 mars, Stendhal corrige les épreuves de *La Chartreuse de Parme*.

Le 26, *Le Constitutionnel* publie l'épisode de Waterloo.
6 avril : Publication de *La Chartreuse de Parme*.
Juin : Il part pour Civita-Vecchia, emprunte le chemin des écoliers, et n'y arrive qu'en août. Il est surtout à Rome où Mérimée le retrouve. Il entreprend *Lamiel*.
28 décembre : *L'Abbesse de Castro* (recueil de quelques-unes des nouvelles qui constitueront pour nous les *Chroniques italiennes*).

1840   Tous les prétextes lui sont bons pour fuir l'*aria cattiva* de Civita-Vecchia ; il est toujours à Rome. Il y connaît un nouvel amour, pour la mystérieuse « Earline », et qui sera le dernier ; il le sait, et le nomme : *The last romance*.
15 octobre : L'article de Balzac sur *La Chartreuse de Parme* lui parvient, et pendant trois mois il va corriger son roman.

1841   15 mars : Attaque d'apoplexie : il s'est « colleté avec le néant ».
Novembre : Congé à Paris. Il s'impose de travailler régulièrement. À *Lamiel,* peut-être ?

1842   22 mars : Nouvelle attaque d'apoplexie, dans la rue Neuve-des-Capucins, à sept heures du soir. Il ne reprend pas connaissance.
23 mars : Mort de Stendhal, à deux heures du matin.

II. LA *CHARTREUSE*, MODE D'EMPLOI

Surpris et ému par le grand article que Balzac consacre à son roman dans *La Revue parisienne*, Stendhal entreprend de l'en remercier. Il ne lui faudra pas moins de trois brouillons pour venir à bout de sa lettre. Voici le second :

[17-28 octobre 1840.][a]

J'ai été bien surpris hier soir, Monsieur. Vous avez eu pitié d'un orphelin abandonné dans la rue. Je pensais n'être pas lu avant 1880, quelque *ravaudeur* littéraire *aurait* trouvé ces pages trop simples *dans quelque vieux livre*.

Rien de plus facile, Monsieur, que de vous écrire une lettre polie, comme nous en savons faire, vous et moi ; mais comme votre procédé est unique, je veux vous imiter et vous répondre par une lettre sincère.

J'ai reçu la *Revue* hier soir et ce matin j'ai réduit à quatre ou cinq pages les cinquante-quatre premières pages de *la Chart*[*reuse*]. J'avais trop de plaisir à parler de ces temps heureux de ma jeunesse ; j'éprouvai bien ensuite quelques remords, mais je me consolai par les premiers *demi*-volumes, si ennuyeux, de notre père Walter Scott, et *par* le long préambule de la divine *Princesse de Clèves*.

J'ai fait quelques plans de romans, par exemple *Vanina* ; mais faire un plan me glace. Je dicte 25 ou 30 pages, puis la soirée arrive, et j'ai besoin d'une forte *distraction* ; il faut que le lendemain matin j'aie tout oublié ; en lisant les 3 ou 4 dernières pages du chapitre de la veille, le chapitre du jour me vient.

Je vous avouerai que bien des pages de *la Chart*[*reuse*] ont été imprimées *sur la dictée ; je croyais par là être simple, non contourné (le*

Stendhal, *Correspondance*, Pléiade, t. III, p. 397-400.

contourné est mon horreur), vous m'avez persuadé de m'en repentir, et je dirai comme les enfants : je n'y retournerai plus.

Il y *eut* soixante ou soixante-dix dictées et je perdis tout le morceau de la prison que je fus obligé de refaire. Que vous font ces détails ? Mais je *nourris le noir projet de* vous demander des conseils la première fois que nous nous rencontrerons sur le boulevard. *Faut-il conserver Fausta, épisode devenu trop long ? Fabrice veut montrer à la duchesse qu'il n'est pas capable d'amour.*

J'ai un mépris qui va jusqu'à la haine pour les Laharpe.

À mesure que j'avançais dans *la Chart*[*reuse*], je portais des jugements sur ce livre tirés de l'*Histoire de la Peinture* que je connais. Par exemple, la littérature en France en est aux élèves de Pietro de Cortone (ce peintre outrait *l'expression, travaillait vite et gâta tous les peintres d'Italie pour 50 ans*).

Par exemple tout le personnage de la duchesse Sanseverina est copié du Corrège (c'est-à-dire produit sur mon âme le même effet que le Corrège). Il faut que je compte bien sur votre bonté pour hasarder de pareilles balivernes.

Je crois que nous en sommes au siècle de Claudien et je lis peu de nos livres. À l'exception de Mme de Mordauf[b] et des ouvrages de cet *auteur,* de quelques romans de George Sand et des nouvelles écrites dans les journaux par M. Soulié, je n'ai rien lu de ce qu'on *imprime.*

En composant *la Chart*[*reuse*], pour prendre le ton, je lisais de temps en temps quelques pages du Code civil.

Mon Homère que je relis souvent, c'est les *Mémoires* du maréchal Saint-Cyr ; mon auteur de tous les jours c'est l'Arioste.

Je n'ai jamais pu, même en 1802 (j'étais *alors* officier des dragons en Piémont, à 3 lieues de Marengo), je n'ai jamais pu lire 20 pages de M. de

Chateaubriand ; j'ai failli avoir un duel parce que je me moquais de la *cime indéterminée des forêts*. Je n'ai jamais lu *la Chaumière indienne,* M. de Maistre m'est insupportable. Voilà sans doute pourquoi j'écris mal ; c'est par amour exagéré pour la logique.

Les seuls auteurs qui me fassent l'effet de bien écrire, c'est Fénelon : *les Dialogues des morts,* et Montesquieu. Il n'y a pas quinze jours que j'ai pleuré en relisant *Aristonoüs, ou l'esclave d'Alcine*.

Je vais faire paraître, au foyer de l'Opéra, Rassi et Riscara envoyés là comme espions par Ranuce-Ernest IV, après Waterloo. Fabrice, revenant d'Amiens, remarquera leurs regards *italiens* et leur *milanais serré* que ces espions ne croient compris par personne. On m'a dit qu'il faut faire connaître les personnages, et que *la Chart*[*reuse*] ressemble à des *Mémoires* ; les personnages paraissent à mesure qu'on en a besoin. Le défaut dans lequel je suis tombé me semble fort excusable ; n'est-ce pas la vie de Fabrice qu'on écrit ?

Enfin, Monsieur, en mettant beaucoup de vos louanges excessives, sur le compte de la pitié pour un enfant abandonné, je suis d'accord sur les principes. Ici je devrais terminer ma lettre.

Je vais vous sembler un monstre d'orgueil. Quoi, dira votre sens intime, cet animal-là, non content de ce que j'ai fait pour lui, chose sans exemple dans ce siècle, veut encore être loué sur le style !

Je ne vois qu'une règle : *être clair.* Si je ne suis pas clair, tout *mon monde* est anéanti.

Je *veux* parler de ce qui se passe au fond de l'âme de Mosca, de la duchesse, de Clélia. C'est un pays où ne pénètre guère le regard des enrichis, comme le latiniste directeur de la Monnaie, M. le comte Roy, M. Laffitte, etc., etc., *le regard des* épiciers, des bons pères de famille, etc., etc.

Si, à l'obscurité de la chose, je joins des obscurités du style de M. Villemain, de Mme Sand, etc.

(supposé que j'eusse le rare privilège d'écrire comme ces coryphées du beau style), si je joins à la difficulté du fond les obscurités *de ce style vanté*, personne absolument ne comprendra la lutte de la duchesse contre Ernest IV. Le style de M. de Chateaubriand *et* de M. *Villemain* me semble dire :

1° Beaucoup de petites choses *agréables mais* inutiles à dire (comme le style d'Ausone, de Claudien, etc.) ;

2° Beaucoup de petites *faussetés, agréables à entendre*.

(a) Égotisme effroyable ; ne jamais envoyer la vérité aussi nue, elle est ridicule. Ne jamais se presser d'envoyer, se défier de la vérité. *(Note de Stendhal.)*

(b) *Sic.* Stendhal veut parler de Mme de Mortsauf, héroïne du *Lys dans la vallée* de Balzac.

III. DE LA CHRONIQUE AU ROMAN

On a souvent dit que Stendhal manquait d'imagination : il lui faut toujours un support extérieur pour prendre son envol. Dans le cas de la *Chartreuse*, on saisit bien comment l'invention transpose et modifie complètement le matériau préexistant.

La vie d'Alexandre Farnèse est celle d'un don Juan : c'est même le sujet de *Don Juan*, le sujet-type que cherche finalement tout romancier moraliste, le roman de l'homme heureux. Pour Stendhal, c'est un sujet exceptionnellement riche de signification. On arrive par les femmes, rien ne vaut la peine d'être recherché que le bonheur, et le bonheur, c'est une vie aimable et luxueuse, une société de jeunes femmes spirituelles et belles, l'amitié de gens sans préjugés à qui la morale et la société n'en imposent pas, par là-dessus quelques aventures délicieuses et non sans danger : laissez-vous porter dans ce doux sillage, soyez le favori de quelque puissant et le protégé d'une fort jolie femme et le trône de saint Pierre sera votre récompense. Voilà ce que trouve Stendhal dans son Alexandre Farnèse : un Lucien Leuwen qui vivrait au XVIe siècle, pour le pousser une maîtresse de roi au lieu d'une grande banque, et au lieu de ministres prudents et sournois des cardinaux qui ne s'étonnent de rien. Il y a quelques traverses pour éprouver cet enfant gâté de la fortune car il faut qu'il soit, lui aussi, comme Lucien Leuwen, au-dessus de sa position par son caractère. Mais ces traverses ne sont pas l'essentiel, elles ne serviront qu'à nous donner de l'estime pour le héros. Voilà, comme disait Stendhal dans la phrase qu'il écrit en marge, « la petite histoire dont il faudrait tirer une sorte de roman ».

Maurice Bardèche, *Stendhal romancier*, La Table ronde, 1947, p. 360-362 et 364-365.

Or le roman n'est pas du tout cela. Il suit bien cette ligne, mais toutes les proportions sont changées, et finalement l'image est tout autre. Ce don Juan est bien un don Juan, mais c'est aussi un cœur si tendre qu'il traîne plus de souvenirs mélancoliques que de cœurs après lui. Ce favori est bien un favori, mais il passe presque toute sa vie en disgrâce, il rôde en proscrit sur des terres riveraines, loin des sourires qu'il aime, on ne le voit qu'en exil ou en prison. Ce roman du bonheur est bien le roman du bonheur, mais c'est aussi le roman de la nostalgie du bonheur, le roman du bonheur perdu et toujours à nouveau souhaité : et on y apprend qu'il est des choses beaucoup plus précieuses qu'une mitre, beaucoup plus précieuses que le succès, et que le plaisir de régner ne fait jamais oublier l'essentiel. Ce roman du cynisme est aussi immoral qu'on peut le souhaiter et pourtant il finit très mal ; car tous ceux que nous aimons et qui regardaient les hommes avec le mépris qu'ils méritent sont fatigués par cette lutte, vaincus par le dégoût. Le beau neveu préfère finalement un ermitage des bois de Sacca aux lambris du Vatican et Vandozza et Roderic se feront comme lui une chartreuse loin des palais et loin des hommes. Pourquoi cette biographie parallèle et cette vie pourtant opposée ? Pourquoi ce négatif de l'histoire triomphale d'Alexandre Farnèse ? Pourquoi dans ce livre heureux cette source secrète de découragement et d'amertume ?

Ce changement si sensible dans la destination morale de cette aventure vient de son intégration dans le cycle stendhalien. Tant que la biographie d'Alexandre Farnèse reste la biographie d'Alexandre Farnèse, elle s'adresse à la curiosité de Stendhal, elle éveille, elle surchauffe en lui des zones d'intérêt que nous connaissons, mais elle ne se confond pas avec des professions de foi et des convictions profondes. Stendhal n'est alors qu'un spectateur, un moraliste jugeant une vie ; il la soupèse et s'en amuse en historien, il essaie d'en fixer bien exactement le contour, mais il ne la vit pas, il ne peut la vivre pour son propre compte ; au XVIe siècle, il n'est pas dans le jeu. Cela devient quelque chose de tout autre à partir du moment où Stendhal tout à coup déracine ses personnages, transplante son favori et sa courtisane dans le climat extravagant de la Sainte-Alliance, et recommence une fois de plus à se demander s'il est possible de trouver le bonheur dans le monde inventé par le congrès de Vienne. Car c'est de cela qu'il s'agit. On admire Stendhal d'avoir fait subir à la vie des Farnèse une transposition historique, on s'émerveille de cette petite cour italienne, de ces marionnettes, etc. Ces éloges sont fort mérités. Mais cette définition est incomplète. Cette transposition n'est pas essentiellement pittoresque comme on semble le croire généralement, elle est essentiellement politique. Rien n'est plus simple que d'imaginer une transposition moderne, et de plus une transposition pittoresque, de la biographie des Farnèse. On obtient la petite cour de Parme, ses chambellans, ses grandes-maîtresses, un Fabrice protégé par Gina, un enlèvement un peu trop désinvolte et les ennuis qui en découlent, et pour finir la mitre malgré tout. Mais il manque là l'essentiel de la *Chartreuse*. Et l'on s'avise sans difficulté, si l'on se donne la peine de suivre ce décalque, que l'essentiel de la *Chartreuse* n'est pas dans les ridicules délicieux de la petite cour de Parme, ni dans le succès de la carrière de Fabrice, mais que le ressort de toute *signification* est dans le contraste fondamental entre les héros et le décor. La carrière de Fabrice devient un enseignement. Elle transcrit l'aventure tout entière dans le registre ironique parce qu'il s'agit de faire arriver aux honneurs un candidat qui est une sorte de proscrit moral dans le monde clos de la Sainte-Alliance. Et elle montre aussi que ces triomphes ingénieux sont inutiles puisque le bonheur vrai est ailleurs que dans ces parcours réussis. [...]

Dès lors, on retrouve, sous sa forme la plus profonde et la plus complète, le mécanisme de la transposition de l'invention chez Stendhal. L'écrivain garde le contenu biographique du canevas initial, il passe par les différents points d'un circuit d'événements préparé d'avance. Mais comme son personnage est polarisé à l'origine tout autrement que le héros authentique, c'est un autre personnage qui passe par les étapes de cette vie étrangère et qui en habite à sa manière les différents gîtes. Le personnage de Stendhal est comme un touriste qui s'installe dans une existence déjà vécue une fois par un autre. L'invention chez Stendhal est un phénomène de palingénésie. C'est aussi une sorte de greffe. Un surgeon stendhalien implanté dans une existence étrangère y fait circuler une sève nouvelle ; il suit les mêmes branches mais il ne porte que ses propres fruits. Et finalement sur le cours exactement respecté de l'existence d'Alexandre Farnèse, ce sont des gestes propres à l'orientation stendhalienne, à la polarisation stendhalienne, qui vont bourgeonner, à la place même où s'étaient produits dans le passé des événements apparemment semblables et pourtant chargés d'un sens différent, comme autrefois Julien Sorel, tout en répétant les actes du séminariste Berthet, n'avait fait cependant qu'emprunter une enveloppe biographique qu'il habitait à sa manière.

IV. POLITIQUE

L'analyse proposée par Stendhal du fonctionnement de l'État à Parme dissimule, sous une apparente légèreté, un diagnostic plutôt accablant, déjà lisible dans la si charmante irresponsabilité de Fabrice.

Cette même irresponsabilité est le plus menaçant des symptômes d'une incurable maladie politique. Formé par un régime qui a peur de tout ce qui pense, Fabrice s'avère en effet entièrement incapable de suite dans ses pensées, même dans les situations les plus graves, les plus sérieuses. Ou plutôt, pour lui il n'y a pas de situations sérieuses : ni l'assassinat de Giletti, ni celui de Ranuce-Ernest IV, ni la funeste tentative de révolution populaire écrasée par Mosca, ni les perspectives lointaines d'un *risorgimento* — tout cela le laisse, non seulement indifférent, mais plongé dans une espèce de nihilisme frivole et aride où toutes les valeurs se confondent. Non seulement il est incapable de songer à sa propre sécurité (il trahit son incognito à la toute première occasion qu'il voit Clélia), mais il met en danger ses amis, et même les êtres qui lui sont les plus chers. Une centaine de braves gens sont prêts à risquer la vie pour faciliter son évasion de la Tour Farnèse ; mais, une fois l'escapade réussie, il ne songe même pas à remercier ces amis dévoués. Le seul « grave problème » qui le préoccupe nuit et jour, « n'était rien moins que de faire parvenir à Clélia Conti un mouchoir de soie sur lequel était imprimé un sonnet de Pétrarque ».

La naïveté de cette préoccupation, Stendhal la souligne avec une certaine ironie amère ; car c'est justement cette fameuse « naïveté » de Fabrice qui résume en soi toute l'ambiguïté foncière du roman.

Richard N. Coe, « *La Chartreuse de Parme.* Portrait d'une réaction », in *Omaggio a Stendhal*, II, *Aurea Parma*, 1967, p. 56-58. (Droits réservés.)

C'est parce qu'il est *naïf* que Fabrice est aimable, et aimé ; c'est par sa naïveté qu'il échappe à la fausseté, à l'hypocrisie, à l'« imitation des autres », à la gravité, à la réalité même. « Il avait », dit Stendhal, « cet air naïf et tendre et cet œil souriant qui promettent tant de bonheur ». Mais en même temps sa naïveté, c'est son ignorance, sa niaiserie, son égoïsme, son indifférence, son irresponsabilité, son immoralisme, ses superstitions — en un mot, toutes ces nobles qualités qui lui ont été imposées par son éducation, et qui constituent sa nullité absolue en tant que personnage politique. Or, comme nous l'avons dit au début, Stendhal ne triche pas. La naïveté « sublime » de Fabrice est en même temps sa naïveté puérile et méprisable : le meilleur n'existe qu'en fonction du pire.

Il serait possible d'étendre ce genre d'analyse aux autres personnages du roman : d'étudier la réalité complexe qui se cache sous l'apparence légère de cynisme chez le comte Mosca, et qui fait de lui le modèle du fonctionnaire-collaborateur de tous les temps — le « professionnel » qui domine à tel point les détails de son administration qu'il fait son métier « en jouant », mais qui, à la fin, est pris à son propre jeu, et qui devient — un peu comme Eichmann — le plus terrible des bourreaux uniquement parce qu'il est incapable de résister au plaisir de démontrer que, sous ses ordres, le mécanisme administratif marche à la perfection. Nous pourrions poursuivre le chemin indiqué par Giuseppe Tomasi di Lampedusa et essayer d'analyser, d'après la *Chartreuse,* les raisons qui déterminent d'honnêtes citoyens à devenir nazis... presque sans le vouloir : par cynisme, rarement ; par peur, par « naïveté », par la simple nécessité d'avoir une situation et de vivre — mais le plus souvent par simple bonté. C'est le cas de l'archevêque Landriani, ce magnifique portrait d'un homme foncièrement bon, qui devient « terrible » parce qu'il vit sous un régime où toute bonté se transforme en faiblesse. Nous pourrions étudier la manière dont un personnage politique, nullement détestable en soi, réussit à corrompre un autre personnage bien plus idéaliste que lui-même, en l'attrapant dans les filets de son propre idéalisme... voir Gina et Ferrante Palla. Car le régime corrompt tout : voilà, en fin de compte, la leçon de Stendhal. Il n'existe que deux possibilités : ou bien collaborer, comme un Mosca ; ou bien sombrer dans la futilité, l'irresponsabilité et l'égoïsme, tel un Fabrice. Stendhal a fait un grand roman politique sur l'impossibilité de faire de la politique. Et le résultat — je reviens à cette idée pour conclure — n'est pas seulement un rêve d'évasion utopique, mais au fond une amère tragédie de névrose, d'aliénation et de gaspillage. [...]

Car qu'est-ce que la *Chartreuse,* sinon une farce tragique ? Farce par ses bouffonneries, ses fiscal Rassi — sinistre pantin, celui-là — ses Fausta, ses Giletti ; mais tragédie par la terrifiante noirceur de la réalité politique qu'elle laisse deviner. Car ce petit despotisme de Ranuce-Ernest IV présente, en sus de tous les traits caractéristiques d'une réaction que nous avons détaillés, celui-ci encore : que c'est le premier pays que l'on nous ait décrit dans une œuvre de littérature, où règne ce que George Orwell a appelé le *Double-Think* : cette variante toute moderne de la mauvaise foi politique qui constitue une des pires menaces pour la civilisation contemporaine. Car Parme, je le répète, n'est pas un simple despotisme, mais une *réaction.* Un despotisme, parfois, ose déclarer ce qu'il est ; une réaction, jamais. Tous les abus modernes de la propagande, l'emploi du langage, non pas pour transmettre la vérité, mais pour la cacher, la dénaturer, les grotesques distorsions, grâce auxquelles les travaux forcés s'appellent « travaux volontaires », et les camps de concentration, des « lieux de retraite pour personnes âgées » — tout cela, Stendhal l'avait déjà observé.

La figure de Ferrante Palla permet de saisir particulièrement bien les contradictions où se paralyse non seulement l'action, mais même la morale politique quand l'Histoire est derrière soi.

Ferrante Palla donne clairement, parce qu'en réduction radicale, le schéma logique de cette déstabilisation du vrai. « Suis-je dans le vrai, me dis-je. » Question lancinante pour le tribun sans peuple, car qui dit tribun dit précisément inviolabilité, mais l'inviolabilité, plutôt que d'être garantie, est exposition du sujet à tous les risques. Palla est celui qui, d'avoir tous les droits, n'en a aucun et est sans cesse contraint à l'évaluation des rapports entre chacun de ses gestes et le droit. La légitimité théorique des actions entreprises par l'individu, qui tient à ce qu'il ne porte aucune responsabilité quant à l'état social, le plie d'autant mieux, pratiquement, au devoir de multiplier les garde-fous contre l'arbitraire inhérent à l'exploitation de sa propre justice. C'est tout le sens de cette rigoureuse économie du crime que le brigand philosophe moral met au point — jauge permanente du rapport moral de ses manifestations politiques à l'essence de l'histoire. Mais la position de solitude, c'est-à-dire d'absolu du sujet, est autant négative que positive, s'agissant de cette détermination du vrai. Positif dans la mesure où elle le désintéresse des jeux de la corruption et fonde une rectitude des discours (s'opposant aux déviations qui affectent les propos que peuvent tenir les « gens payés par le gouvernement ou par le culte qu'ils doivent saper »), l'isolement du proscrit est négatif — tant il est vrai que le sujet stendhalien ne peut plus à lui seul se penser titulaire de son rapport au monde —, dans la mesure où, interrompant le lien social, il ôte le critère même du vrai. C'est au fond la sanction *a contrario* et *a posteriori* de l'empire du collectif manifesté par l'innovation bonapartiste, et qui, ayant été à la fois la norme et la

Jean Delabroy, « *La Chartreuse de Parme* ou le Problème de la position morale », in *Stendhal*, Colloque de Cerisy, P. Berthier éd., Aux Amateurs de livres, 1984, p. 60-61.

cause de l'utopie première, demeure agissant au-delà de sa disparition. Mieux Palla est placé pour énoncer le vrai, moins il est placé pour être maître de soi et du juste, ou affranchi par rapport au besoin du beau. Les composantes de l'idéal sont désormais contradictoires entre elles : quand l'un des qualificatifs de l'essence (de l'histoire) est acquis, ce sont les autres qui manquent. La rectitude du discours de Palla s'accompagne de la gaucherie ou du gauchissement de ses actes. Parce que, d'une part, son isolement est aussi sanction subie par quelqu'un qui n'appartient plus à la vertu, et éprouve cette « douleur de ne plus se sentir de passion pour [elle] », et que, d'autre part, sa misère est aussi besoin désespéré de la beauté : « la pauvreté me pèse comme laide ». L'entreprise de juridiction morale individuelle et absolue s'opère dans le double deuil, insupportable, de la vertu et de la beauté. La division qui s'ensuit du Brutus moderne rejoint celle de son inspiratrice : la brève étreinte de Palla et de la Sanseverina signe la rencontre, contemporaine par excellence, de deux morales exemplaires et non tenues. La folie de l'un comme de l'autre marque les attaches de l'abdication morale du « il faut... » avec l'intime du désir ou de la vengeance, et en tout cas avec le désespoir, et elle produit par défaut ce reste de la problématique morale moderne : des actes symboliques, c'est-à-dire théoriquement parfaits quant à la politique comme quant à l'esthétique, et complètement infertiles et inexistants. Significativement, le meurtre du prince, vite ravalé par la « pétaudière » faute de pertinence, l'eau pour les habitants de Parme, qui passe inaperçue, sont d'identiques défis, presque invisibles, autant dire manqués, car archaïques dans les deux cas. Le tyrannicide est à Palla ce que les quatre-vingt-neuf, bien sûr, tonnes de vin de Sacca sont à la Sanseverina. L'obsolescence quant à l'histoire vaut pour défection quant à la morale :

héroïsme et grandeur des deux « romains » du roman assurent la validité de leur passion (tant il est vrai que l'âme est cette primitivité stendhalienne indiscutable), signent aussi l'invalidité de cette passion (tant il est vrai qu'elle est tout ce qui reste aux sujets faute pour eux de pouvoir l'inscrire dans la productivité historique du collectif).

V. DU MYTHIQUE AU MYSTIQUE

Dans son stimulant essai, M. Nerlich considère que l'article de Balzac a donné à la *Chartreuse* un véritable « baiser de la mort », et plaide pour une lecture qui restitue au texte sa pluridimensionnalité constitutive.

Le moteur de cette gigantesque machine est la mythologie dont j'ai essayé d'analyser les structures principales, et à partir de cet immense *canovaccio* se développe un jeu de mise-en-place de coulisses, d'actions, de personnages jouant ainsi d'après leurs *lazzi*, dont un semblant de « réalisme » et de « psychologie » (qui se limite d'ailleurs aux personnages principaux, les secondaires tombant dans l'oubli ou quittant le jeu comme des acteurs secondaires dans la *commedia dell'arte*) constitue un lien aussi suggestif que trompeur et fragile ; « interpréter » la *Chartreuse* d'après des critères de « réalisme » ou de « psychologie » (...) est aussi indiqué que d'appliquer ces critères aux œuvres de la *commedia dell'arte*, de l'*opera buffa* ou du Nouveau Roman.

Si j'ai appelé règle du jeu le mécanisme de la mythologie dans la *Chartreuse*, il faut ajouter que le jeu, lui-même, est beaucoup plus vaste que la règle. Cependant, avoir mis à nu l'accès au triple espace Antiquité-Renaissance-Temps modernes dans *La Chartreuse de Parme*, avoir montré l'unité fonctionnelle/instrumentale du texte m'a valu le reproche de « vouloir fixer le sens » de la *Chartreuse*. Et cela après cent cinquante ans de terrorisme exégétique psychologisant et « réalito-référentiel », discourant sur la « profondeur » des sentiments des personnages fictifs, sur leur déve-

Michael Nerlich, *Apollon et Dionysos ou la Science incertaine des signes*, Marburg, Hitzeroth, 1989, p. 327.

loppement moral, sur ce qu'ils avaient fait, voulaient faire, auraient dû faire, sur qui a été en vérité/dans la réalité historique tel ou tel autre personnage (de Metternich à François de Modène ou la Pietragrua), etc. etc. (pour le dire avec Stendhal). Mais constater que la *Chartreuse* soit une fête du texte, un montage dynamique, une ré-écriture de textes de l'Antiquité, de la Renaissance, de La Fontaine, de Goethe, d'*opera buffa* et *commedia dell'arte*, de Court de Gébelin, de mise en texte de peintures et de sculptures : un kaléidoscope se recomposant différemment sous chaque regard différent, un jeu de références intertextuelles, interartistiques, philosophiques et autres, dans lequel l'espace « psychologie et réalisme » fictif joue aussi un rôle, mais seulement *un* rôle parmi de nombreux autres, cela provoque un scandale. Eh bien, demandons pardon pour Stendhal et réaffirmons de nouveau que tout le monde a le droit de lire la *Chartreuse* comme il voudra, mais que la recherche cesse de trouver Waterloo à Lobau et Parme à Modène, et qu'elle fasse l'effort d'étudier le savoir mythologique de Stendhal pour comprendre le fonctionnement ludique et référentiel du texte de la *Chartreuse* qui est plus proche du *Paysan de Paris* d'Aragon ou des textes d'un Robbe-Grillet ou d'un Claude Simon que d'un Honoré de Balzac ou d'un Émile Zola.

Cette apothéose infinie du romanesque est aussi, d'une certaine manière, celle d'un « pur amour » sans rivages.

La *Chartreuse* n'est pas un roman mystique, mais il y a dans ce roman plus que le romanesque ; l'orangerie du palais Crescenzi ne serait qu'un jardin d'Armide, ou « Turangalila », si Armide en l'occurrence n'était la parfaite amie et si l'ami ne s'était préparé à ces noces plus que charnelles par l'ergastule et l'ascèse. Le cœur, dans l'expression à tonalité de *Cantiques des Cantiques* : « entre ici, ami de mon

Jean Sarocchi, « L'Âme de la *Chartreuse* », in *« La Chartreuse de Parme » revisitée*, P. Berthier éd., Grenoble, Université Stendhal, *Recherches et travaux*, hors-série n° 10, 1991, p. 170-172.

cœur », n'est pas l'organe mondain des passions ni même le siège du sentiment amoureux, ce cœur, où selon Théophane le Reclus se trouvent « tous les trésors éternels de la vie spirituelle », et selon saint Macaire « l'intellect et toutes les pensées de l'âme ainsi que ses désirs », il est déjà une Chartreuse, il est libéré des « intérêts grossiers », il n'est plus le cœur romanesque, il est le cœur charnel-spirituel de la Sulamite.

L'âme cependant se lit encore, dans l'interlude entre la jouissance fruitive de l'orangerie et le repos de la Chartreuse. Or cette âme — celle de Fabrice — est l'âme tendre, non pas l'âme sensible — titre de Jean Dutourd, qui s'illustrerait de l'aveu : « tout ce qui n'est pas sensation de l'âme me semble ridicule » —, mais l'âme tendre, la tenerezza alla Rousseau, disait Stendhal (avec quelle dose d'ironie ?), la tendresse, voilà ce qui enfin, au terme de l'amoureuse initiation, caractérise l'âme du héros. Tendresse, l'âme même, ce qui, dans l'amour charnel, fait la plénitude âme-corps de l'amour. En exergue à son essai, Dutourd citait Alain : « l'âme c'est ce qui refuse le corps » (Lavelle, remarquons-le, ne dira guère autrement). Instruit par Stendhal, on peut corriger : l'âme, c'est ce qui donne, gracieusement — il n'y a don que gracieux — le corps ; la tendresse, c'est la modulation harmonique du don.

L'âme tendre, dans le roman, c'est le degré ultime. Il y aura eu d'abord, au chapitre VIII, l'attendrissement ou l'âme attendrie : ce sont des moments du héros ; puis celui-ci reconnaît à la duchesse une âme tendre et passionnée ; au chapitre neuvième il est encore attendri à la vue des orangers du château paternel, se laisse encore attendrir par les forêts des environs du lac, enfin (chapitre X) fait retour sur « l'attendrissement profond qu'il avait trouvé dans les bras de l'abbé Blanès ». Dans ce premier champ sémantique, jamais on ne lit pour Fabrice « tendre » ou « tendresse », qui serait la diathèse. Seule Gina est tendre, seul Blanès a la tendresse.

Mais l'autre région de cette carte du Tendre que déploie le roman, c'est la conclusion. Jean Prévost disait : il y a deux fins dans la *Chartreuse* ; l'une s'arrête à « entre ici, ami de mon cœur », l'autre « réalise les prédictions », oui, mais elle réalise surtout le climat musical de l'âme tendre. Cette fois l'incidence (attendri, attendrissement) se change en diathèse : certes, ce n'est qu'un « caprice de tendresse » — façon cavalière de dire le fond — mais Clélia connaît bien « cette âme tendre », note le narrateur, et Fabrice lui-même se range parmi les âmes tendres. Ce qu'était Blanès dans sa relation avec lui, il le devient enfin dans sa relation à Clélia. C'est par Clélia que le roman fait de Fabrice, qui aura d'abord été une âme à chimères, une âme naïve et ferme, une âme haute, au moins n'imitant pas les autres, enfin une âme tendre.

Revenons à *De l'amour* : on y voyage, dans un chapitre justement célèbre (XXIV), « dans un pays inconnu », qui est celui de l'oranger. C'est là que Stendhal oppose, en un parallèle frappé un peu comme l'hymne de saint Paul à la charité, l'âme tendre et l'âme prosaïque : or l'âme tendre, parmi ses singularités, a celle-ci qu'elle doit « se résigner à ne rien obtenir que de la *charité* de ce qu'elle aime ». L'orangerie Crescenzi est ce pays inconnu. Erôs et Agapè, en Clélia, ne font qu'un : la charité de Clélia, une fois Clélia morte, réduit l'âme tendre de Fabrice au séjour d'une Chartreuse, c'est l'ultime demeure, la « vraie demeure » de l'âme.

La vraie demeure de l'âme : Valéry, dans ses *Cahiers,* rôde autour, sait bien que c'est la tendresse, et que c'est un « piège épouvantable » ; épuiser Erôs, s'enjoint-il, « jusqu'à cette tentation, jusqu'à cela qui a parlé, parle encore dans ces chambres inconnues et mystérieuses ». Son Faust oscille entre l'attrait de « la tendresse, tout court », qui nargue Méphisto, et l'ambition, « contre Lust », « contre la tendresse », de narguer Méphisto, croit-il, encore mieux, en échappant à ce piège. Fabrice n'est évidemment pas si subtil. Il aura su, avant Nietzsche, que « dans le véritable amour, c'est l'âme qui enveloppe le corps ». Mais cet aphorisme est une citation de Stendhal.

VI. SÉLECTION BIBLIOGRAPHIQUE

A. ÉDITIONS

Romans et nouvelles, H. Martineau éd., Gallimard, La Pléiade, 1952.
La Chartreuse de Parme, A. Adam éd., Garnier, 1973.

B. OUVRAGES

Robert André, *Écriture et pulsions dans le roman stendhalien*, Klincksieck, 1977. (Étude d'inspiration psychanalytique.)
Maurice Bardèche, *Stendhal romancier,* La Table ronde, 1947. (Substantiel et élégant : le grand classique.)
Philippe Berthier, *Stendhal et ses peintres italiens,* Genève, Droz, 1977.
Philippe Berthier, *Stendhal et la Sainte Famille,* Genève, Droz, 1983.
Victor Brombert, *La Prison romantique,* J. Corti, 1975.
Collectif : « *La Chartreuse de Parme* » *revisitée,* textes réunis par P. Berthier, Grenoble, Université Stendhal, *Recherches et travaux,* hors-série, n° 10, 1991.
Michel Crouzet, *Stendhal et l'italianité,* J. Corti, 1982. (Magistral et touffu.)
Gilbert Durand, *Le Décor mythique de « La Chartreuse de Parme »,* J. Corti, 1961. (Un essai qui a fait date.)
Shoshana Felman, *« La « Folie » dans l'œuvre romanesque de Stendhal,* J. Corti, 1971.
Michel Guérin, *La Politique de Stendhal,* Presses universitaires de France, 1982. (Suggestif et brillant.)
F. W. J. Hemmings, *Stendhal. A study of his novels,* Oxford, Clarendon Press, 1964. (L'essai le plus recommandable en langue anglaise.)
Ann Jefferson, *Reading Realism in Stendhal,* Cambridge University Press, 1988.

Michael Nerlich, *Apollon et Dionysos ou la Science incertaine des signes,* Marburg, Hitzeroth, 1989. (Lecture aventurée et/ou inspirée ; en tout cas, l'essai le plus neuf paru depuis longtemps.)

Pierre-Louis Rey, *Stendhal. « La Chartreuse de Parme »,* Presses universitaires de France, 1992. (Excellente mise au point : tout ce qu'il faut savoir, très clairement présenté.)

C. W. Thompson, *Le Jeu de l'ordre et de la liberté dans « La Chartreuse de Parme »,* Aran, éditions du Grand Chêne, 1982. (Au total, le meilleur essai, et le plus nuancé.)

C. ARTICLES

Jean Bellemin-Noël, « Le motif des orangers dans *La Chartreuse de Parme* », *Littérature,* février 1972.

Philippe Berthier, « Fabrice ou l'Amour peintre », in *Stendhal. Image et texte/Text und Bild,* Tübingen, G. Narr, *Stendhal Hefte,* n° 4, 1994 (S. Dümchen, M. Nerlich éd.).

Richard N. Coe, « *La Chartreuse de Parme* » portrait d'une réaction, in *Omaggio a Stendhal,* II, *Aurea Parma,* 1967.

Michel Crouzet, « Sur la topographie de *La Chartreuse de Parme* et sur le rapport des lieux et des lieux communs », in *Espaces romanesques,* textes réunis par M. Crouzet, Presses universitaires de France, 1982.

Michel Crouzet, « Le romanesque de la cour dans *La Chartreuse de Parme* », in *La Création romanesque chez Stendhal,* textes recueillis par V. Del Litto, Genève, Droz, 1985.

Pierre B. Daprini, « Le moraliste sans foi ou la Structure anthropologique de *La Chartreuse de Parme* », *Stendhal Club,* n° 98, 15 janvier 1983.

Jean Delabroy, « *La Chartreuse de Parme* ou le Problème de la position morale », in *Stendhal,* Colloque de Cerisy, textes recueillis par P. Berthier, Aux Amateurs de livres, 1984.

Ginette Ferrier, « Sur un personnage de *La Chartreuse de Parme* : le comte Mosca », *Stendhal Club,* n° 49, 15 octobre 1970.

Gérald Rannaud, « *La Chartreuse de Parme*, roman de l'ambiguïté », in *Stendhal e Bologna,* sous la dir. de L. Petroni, Bologne, *L'Archiginnasio,* 1971-1973.

TABLE

ESSAI

13 I. L'ENFANT DU « MIRACLE »

13 A. LES CINQUANTE-TROIS GLORIEUSES
16 B. PAROLE EN LIBERTÉ
20 C. COMME UNE BOUFFÉE DE PARFUM

26 II. LES IMPASSES DE LA LIBERTÉ

26 A. LE SACRE DU PRINTEMPS
33 B. SILENCE : ON RÈGNE
41 C. GRANDS JEUX D'UNE PETITE COUR
48 D. PLUTARQUE EN AMÉRIQUE
55 E. FINE MOUCHE
68 F. LA FIN DE L'HISTOIRE

73 III. LE LABYRINTHE DU MOI

74 A. PÉDAGOGIE DE LA DÉBÂCLE
81 B. UN HOMME SANS QUALITÉS ?
88 C. AMOURS DE VOLCAN
101 D. AMOURS DE VIOLETTE
107 E. ON TUE UN ENFANT
112 F. *FUGE, LATE, TACE*

122 IV. L'ÉLIXIR DE STENDHITALIE

125 A. TRAITÉ DES PASSIONS
131 B. *LUOGHI AMENI*
137 C. ÉCRIRE COMME ON CHANTE
145 D. ÉCRIRE COMME ON PEINT

152   V. LE SOURIRE DU ROMANESQUE
- 152   A. LA PESANTEUR ET LA GRÂCE
- 160   B. LES PLÉIADES

DOSSIER

169   I. REPÈRES BIOGRAPHIQUES

174   II. LA *CHARTREUSE*, MODE D'EMPLOI
- 174   LETTRE DE STENDHAL À BALZAC

178   III. DE LA CHRONIQUE AU ROMAN
- 178   TRANSPOSITION ET INVENTION (M. BARDÈCHE)

182   IV. POLITIQUE
- 182   PORTRAIT D'UNE RÉACTION (RICHARD N. COE)
- 185   LA CONTRADICTION DE FERRANTE (J. DELABROY)

188   V. DU MYTHIQUE AU MYSTIQUE
- 188   CONTRE LE RÉALISME ET LE PSYCHOLOGISME (M. NERLICH)
- 189   VERS LE « PUR AMOUR » (J. SAROCCHI)

193   VI. SÉLECTION BIBLIOGRAPHIQUE

DANS LA MÊME COLLECTION

Pascale Auraix-Jonchière *Les Diaboliques* de Barbey D'Aurevilly (81)
Jean-Louis Backès *Crime et châtiment* de Fédor Dostoïevski (40)
Emmanuèle Baumgartber *Poésies* de François Villon (72)
Annie Becq *Lettres persanes* de Montesquieu (77)
Patrick Berthier *Colomba* de Prosper Mérimée (15)
Philippe Berthier *Eugénie Grandet* d'Honoré de Balzac (14)
Philippe Berthier *Vie de Henry Brulard* de Stendhal (88)
Philippe Berthier *La Chartreuse de Parme* de Stendhal (49)
Michel Bigot, Marie-France Savéan *La cantatrice chauve / La leçon* d'Eugène Ionesco (3)
Michel Bigot *Zazie dans le métro* de Raymond Queneau (34)
Michel Bigot *Pierrot mon ami* de Raymond Queneau (80)
André Bleikasten *Sanctuaire* de William Faulknert (27)
Christiane Blot-Labarrère *Dix heures et demie du soir en été* de Marguerite Duras (82)
Madeleine Borgomano *Le ravissement de Lol V. Stein* de Marguerite Duras (60)
Arlette Bouloumié *Vendredi ou les limbes du Pacifique* de Michel Tournier (4)
Marc Buffat *Les mains sales* de Jean-Paul Sartre (10)
Claude Burgelin *Les mots* de Jean-Paul Sartre (35)
Mariane Bury *Une vie* de Guy de Maupassant (41)
Pierre Chartier *Les faux-monnayeurs* d'André Gide (6)
Pierre Chartier *Candide* de Voltaire (39)
Marc Dambre *La symphonie pastorale* d'André Gide (11)
Michel Décaudin *Alcools* de Guillaume Apollinaire (23)
Jacques Deguy *La nausée* de Jean-Paul Sartre (28)
Béatrice Didier *Jacques le Fataliste* de Diderot (69)
Béatrice Didier *Corinne ou l'Italie* de Madame de Staël (83)
Carole Dornier *Manon Lescaut* de l'Abbé Prévost (66)
Pascal Durand *Poésies* de Stéphane Mallarmé (70)
Louis Forestier *Boule de suif* suivi de *La maison Tellier* de Guy de Maupassant (45)
Laurent Fourcaut *Le chant du monde* de Jean Giono (55)
Danièle Gasiglia-Laster *Paroles* de Jacques Prévert (29)
Jean-Charles Gateau *Capitale de la douleur* de Paul Éluard (33)
Jean-Charles Gateau *Le parti pris des choses* de Francis Ponge (63)
Joëlle Gleize *Les fruits d'or* de Nathalie Sarraute (87)
Henri Godard *Voyage au bout de la nuit* de Céline (2)

Henri Godard *Mort à crédit* de Céline (50)
Monique Gosselin *Enfance* de Nathalie Sarraute (57)
Daniel Grojnowski *À rebours* de Huysmans (53)
Jeannine Guichardet *Le père Goriot* d'Honoré de Balzac (24)
Jean-Jacques Hamm *Le Rouge et le Noir* de Stendhal (20)
Philippe Hamon *La bête humaine* d'Émile Zola (38)
Geneviève Hily-Mane *Le vieil homme et la mer* d'Ernest Hemingway (7)
Emmanuel Jacquart *Rhinocéros* d'Eugène Ionesco (44)
Caroline Jacot-Grappa *Les liaisons dangereuses* de Choderlos de Laclos (64)
Alain Juillard *Le passe-muraille* de Marcel Aymé (43)
Anne-Yvonne Julien *L'œuvre au Noir* de Marguerite Yourcenar (26)
Patrick Labarthe *Petits poèmes en prose* de Charles Baudelaire (86)
Thierry Laget *Un amour de Swann* de Marcel Proust (1)
Thierry Laget *Du côté de chez Swann* de Marcel Proust (21)
Claude Launay *Les fleurs du mal* de Charles Baudelaire (48)
Éliane Lecarme *Mémoires d'une jeune fille rangée* de Simone de Beauvoir (85)
Jean-Pierre Leduc-Adine *L'Assommoir* d'Émile Zola (61)
Marie-Christine Lemardeley-Cunci *Des souris et des hommes* de John Steinbeck (16)
Marie-Christine Lemardeley-Cunci *Les raisins de la colère* de John Steinbeck (73)
Olivier Leplatre *Fables* de Jean de La Fontaine (76)
Claude Leroy *L'or* de Blaise Cendrars (13)
Henriette Levillain *Mémoires d'Hadrien* de Marguerite Yourcenar (17)
Henriette Levillain *La princesse de Clèves* de Madame de La Fayette (46)
Jacqueline Lévi-Valensi *La peste* d'Albert Camus (8)
Jacqueline Lévi-Valensi *La chute* d'Albert Camus (58)
Marie-Thérèse Ligot *Un barrage contre le Pacifique* de Marguerite Duras (18)
Marie-Thérèse Ligot *L'amour fou* d'André Breton (59)
Éric Lysøe *Histoires extraordinaires, grotesques et sérieuses* d'Edgar Allan Poe (78)
Joël Malrieu *Le Horla* de Guy de Maupassant (51)
François Marotin *Mondo et autres histoires* de J.M.G. Le Clézio (47)
Catherine Maubon *L'âge d'homme* de Michel Leiris (65)
Jean-Michel Maulpoix *Fureur et mystère* de René Char (52)
Alain Meyer *La condition humaine* d'André Malraux (12)
Jean-Pierre Morel *Le Procès* de Kafka (71)
Pascaline Mourier-Casile *Nadja* d'André Breton (37)
Jean-Pierre Naugrette *Sa Majesté des Mouches* de William Golding (25)
François Noudelmann *Huis-clos* suivi de *Les mouches* de Jean-Paul Sartre (30)
Jean-François Perrin *Les confessions* de Jean-Jacques Rousseau (62)

Bernard Pingaud   *L'étranger* d'Albert Camus (22)
Jean-Yves Pouilloux   *Les fleurs bleues* de Raymond Queneau (5)
Jean-Yves Pouilloux   *Fictions* de Jorge Luis Borges (19)
Frédéric Regard   *1984* de George Orwell (32)
Pierre-Louis Rey   *Madame Bovary* de Gustave Flaubert (56)
Anne Roche   *W* de Georges Pérec (67)
Myriam Roman   *Le dernier jour d'un condamné* de Victor Hugo (90)
Colette Roubaud   *Plume* de Henri Michaux (91)
Mireille Sacotte   *Un roi sans divertissement* de Jean Giono (42)
Mireille Sacotte   *Éloges* et *La Gloire des Rois* de Saint-John Perse (79)
Marie-France Savéan   *La place* suivi de *Une femme* d'Annie Ernaux (36)
Henri Scepi   *Les complaintes* de Jules Laforgue (92)
Michèle Szkilnik   *Perceval ou le Conte de Graal* de Chrétien de Troyes (74)
Marie-Louise Terray   *Les chants de Maldoror – Lettres – Poésie I et II* de Isidore Ducasse Comte de Lautréamont (68)
Claude Thiébaut   *La métamorphose et autres récits* de Franz Kafka (9)
G.H. Tucker   *Les Regrets* de Joachim du Bellay
Michel Viegnes   *Sagesse – Amour – Bonheur* de Paul Verlaine (75)
Marie-Ange Voisin-Fougère   *Contes cruels* de Villiers de L'Isle Adam (54)

COLLECTION FOLIO

Dernières parutions

3304. Zola — *Germinal.*
3305. Sempé — *Raoul Taburin.*
3306. Sempé — *Les Musiciens.*
3307. Maria Judite de Carvalho — *Tous ces gens, Mariana...*
3308. Christian Bobin — *Autoportrait au radiateur.*
3309. Philippe Delerm — *Il avait plu tout le dimanche.*
3312. Pierre Pelot — *Ce soir, les souris sont bleues.*
3313. Pierre Pelot — *Le nom perdu du soleil.*
3314. Angelo Rinaldi — *Dernières nouvelles de la nuit.*
3315. Arundhati Roy — *Le Dieu des Petits Riens.*
3316. Shan Sa — *Porte de la paix céleste.*
3317. Jorge Semprun — *Adieu, vive clarté...*
3318. Philippe Sollers — *Casanova l'admirable.*
3319. Victor Segalen — *René Leys.*
3320. Albert Camus — *Le premier homme.*
3321. Bernard Comment — *Florence, retours.*
3322. Michel Del Castillo — *De père français.*
3323. Michel Déon — *Madame Rose.*
3324. Philipe Djian — *Sainte-Bob.*
3325. Witold Gombrowicz — *Les envoûtés.*
3326. Serje Joncour — *Vu.*
3327. Milan Kundera — *L'identité.*
3328. Pierre Magnan — *L'aube insolite.*
3329. Jean-Noël Pancrazi — *Long séjour.*
3330. Jacques Prévert — *La cinquième saison.*
3331. Jules Romains — *Le vin blanc de la Villette.*
3332. Thucydide — *La Guerre du Péloponnèse.*
3333. Pierre Charras — *Juste avant la nuit.*
3334. François Debré — *Trente ans avec sursis.*
3335. Jérôme Garcin — *La chute de cheval.*
3336. Syvie Germain — *Tobie des marais.*
3337. Angela Huth — *L'invitation à la vie conjugale.*
3338. Angela Huth — *Les filles de Hallows Farm.*
3339. Luc Lang — *Mille six cents ventres.*

3340.	J.M.G. Le Clézio	*La fête chantée.*
3341.	Daniel Rondeau	*Alexandrie.*
3342.	Daniel Rondeau	*Tanger.*
3343.	Mario Vargas Llosa	*Les carnets de Don Rigoberto.*
3344.	Philippe Labro	*Rendez-vous au Colorado.*
3345.	Christine Angot	*Not to be.*
3346.	Christine Angot	*Vu du ciel.*
3347.	Pierre Assouline	*La cliente.*
3348.	Michel Braudeau	*Naissance d'une passion.*
3349.	Paule Constant	*Confidence pour confidence.*
3350.	Didier Daeninckx	*Passages d'enfer.*
3351.	Jean Giono	*Les récits de la demi-brigade.*
3352.	Régis Debray	*Par amour de l'art.*
3353.	Endô Shûsaku	*Le fleuve sacré.*
3354.	René Frégni	*Où se perdent les hommes.*
3355.	Alix de Saint-André	*Archives des anges.*
3356.	Lao She	*Quatre générations sous un même toit II.*
3357.	Bernard Tirtiaux	*Le puisatier des abîmes.*
3358.	Anne Wiazemsky	*Une poignée de gens.*
3359.	Marguerite de Navarre	*L'Heptaméron.*
3360.	Annie Cohen	*Le marabout de Blida.*
3361.	Abdelkader Djemaï	*31, rue de l'Aigle.*
3362.	Abdelkader Djemaï	*Un été de cendres.*
3363.	J.P. Donleavy	*La dame qui aimait les toilettes propres.*
3364.	Lajos Zilahy	*Les Dukay.*
3365.	Claudio Magris	*Microcosmes.*
3366.	Andreï Makine	*Le crime d'Olga Arbélina.*
3367.	Antoine de Saint-Exupéry	*Citadelle (édition abrégée).*
3368.	Boris Schreiber	*Hors-les-murs.*
3369.	Dominique Sigaud	*Blue Moon.*
3370.	Bernard Simonay	*La lumière d'Horus (La première pyramide III).*
3371.	Romain Gary	*Ode à l'homme qui fut la France.*
3372.	Grimm	*Contes.*
3373.	Hugo	*Le Dernier Jour d'un Condamné.*
3374.	Kafka	*La Métamorphose.*
3375.	Mérimée	*Carmen.*
3376.	Molière	*Le Misanthrope.*
3377.	Molière	*L'École des femmes.*

3378.	Racine	*Britannicus.*
3379.	Racine	*Phèdre.*
3380.	Stendhal	*Le Rouge et le Noir.*
3381.	Madame de Lafayette	*La Princesse de Clèves.*
3382.	Stevenson	*Le Maître de Ballantrae.*
3383.	Jacques Prévert	*Imaginaires.*
3384.	Pierre Péju	*Naissances.*
3385.	André Velter	*Zingaro suite équestre.*
3386.	Hector Bianciotti	*Ce que la nuit raconte au jour.*
3387.	Chrystine Brouillet	*Les neuf vies d'Edward.*
3388.	Louis Calaferte	*Requiem des innocents.*
3389.	Jonathan Coe	*La Maison du sommeil.*
3390.	Camille Laurens	*Les travaux d'Hercule.*
3391.	Naguib Mahfouz	*Akhénaton le renégat.*
3392.	Cees Nooteboom	*L'histoire suivante.*
3393.	Arto Paasilinna	*La cavale du géomètre.*
3394.	Jean-Christophe Rufin	*Sauver Ispahan.*
3395.	Marie de France	*Lais.*
3396.	Chrétien de Troyes	*Yvain ou le Chevalier au Lion.*
3397.	Jules Vallès	*L'Enfant.*
3398.	Marivaux	*L'Île des Esclaves.*
3399.	R.L. Stevenson	*L'Île au trésor.*
3400.	Philippe Carles et Jean-Louis Comolli	*Free jazz, Black power.*
3401.	Frédéric Beigbeder	*Nouvelles sous ecstasy.*
3402.	Mehdi Charef	*La maison d'Alexina.*
3403.	Laurence Cossé	*La femme du premier ministre.*
3404.	Jeanne Cressanges	*Le luthier de Mirecourt.*
3405.	Pierrette Fleutiaux	*L'expédition.*
3406.	Gilles Leroy	*Machines à sous.*
3407.	Pierre Magnan	*Un grison d'Arcadie.*
3408.	Patrick Modiano	*Des inconnues.*
3409.	Cees Nooteboom	*Le chant de l'être et du paraître.*
3410.	Cees Nooteboom	*Mokusei!*
3411.	Jean-Marie Rouart	*Bernis le cardinal des plaisirs.*
3412.	Julie Wolkenstein	*Juliette ou la paresseuse.*
3413.	Geoffrey Chaucer	*Les Contes de Canterbury.*
3414.	Collectif	*La Querelle des Anciens et des Modernes.*
3415.	Marie Nimier	*Sirène.*
3416.	Corneille	*L'Illusion Comique.*

Composition Traitext.
Impression Bussière Camedan Imprimeries
à Saint-Amand (Cher), le 6 septembre 2000.
Dépôt légal : septembre 2000.
1er dépôt légal dans la collection : septembre 1995.
Numéro d'imprimeur : 003831/1.
ISBN 2-07-038937-5./Imprimé en France.

98150